# 신수의 주인

태선 판타지 장편소설

ORIGINAL FANTASY STORY & ADVENTURE

dream
books
드림북스

# 신수의 주인 3

**초판 1쇄 인쇄** 2017년 2월 23일
**초판 1쇄 발행** 2017년 3월 6일

**지은이** 태선
**발행인** 오영배
**기획** 박성인
**책임편집** 김규영
**일러스트** EMJE
**제작** 조하늬

**펴낸곳** (주)삼양출판사 · 드림북스
**주소** 서울시 강북구 도봉로 173
**대표 전화** 02-980-2112 **팩스** 02-983-0660
**편집부 전화** 02-980-2116 **팩스** 02-983-8201
**블로그** blog.naver.com/dreambookss
**출판등록** 1999년 3월 11일 제9-00046호.

ISBN 979-11-313-0663-5 (04810) / 979-11-313-0660-4 (세트)

**드림북스**는 (주)삼양출판사의 판타지 · 무협 문학 브랜드입니다.

ORIGINAL FANTASY STORY & ADVENTURE
태선 판타지 장편소설
신수의 주인
3
dream
books
드림북스

# 목 차

Chapter 1
양귀비의 마왕

## *1.*

밤공기 속에서 숨을 훅 내쉰다. 차가운 어둠을 가르며 따뜻한 숨결이 민들레 씨처럼 번져 나간다. 비강 안으로 눅눅한 밤공기가 밀려왔다. 비 냄새가 났다. 폭우의 전조다.

먼 곳에서 우르릉, 천둥이 친다. 아무리 좋게 표현해도 을씨년스러운 분위기, 그 이상도 그 이하도 아니라고 할 수 있겠다. 나는 닭 모가지를 비튼다.

우드득–

"응, 그렇지. 시계 방향으로 그려야 해."

새카만 고양이가 나를 향해 명령한다.

"리버, 저 정말 잘하는 일일까요?"

리버라고 불리는 그 고양이는 양쪽 눈의 색깔이 달랐다. 고양이는 뒷발로 목을 벅벅 긁으며 심드렁하게 대답했다.

"이미 닭 모가지를 비틀었을 때부터 결정한 일 아니야?"


이야기를 하자면 그제로 거슬러 간다.

시서펜트를 잡고 어금니와 눈, 가죽, 그리고 시서펜트의 심장과 마정석을 받을 수 있었다. 무지카는 이런 재료에 관심이 없는 데다가 내가 그 검을 만들어 주지 않았다면 열 번은 더 죽은 목숨이었을 거다.

덕분에 필요한 재료는 왕창 독식하고 곧바로 드래곤 슬레이어에 필적하는 검을 만드는 작업에 착수했다. 이번에도 잠도 자지 못하고 죽어라고 일만 했더랬다. 그렇게 완성을 하고, 대공이 도시로 돌아오자마자 보란 듯이 검을 선보였다.

"호오, 드래곤 슬레이어급의 검이라고?"

사실 조금 자신이 없긴 했다. 기원이 담겨 있지 않았으니까. 더 좋은 재료로 만들고 더 좋은 기술로 만들긴 했지만, 그때와 같은 절실한 마음이 담겼냐 하면 그건 또 아니다. 내가 아는 아카넬은 천하무적이고 이 세상 그 무엇도 그를 해칠 수 없다는 걸 이미 알고 있었으니까.

하지만 그렇다고 내 칼 앞에서 자신 없는 태도를 보일 수는 없었기에 고개를 쳐들었다.

"한번 확인해 보시죠."

검을 받기 위해 그가 내게 다가왔다. 그의 코트 자락이 부풀어 오른다. 좋은 향기가 났다. 깊은 밤 숲 속에서 나는 향기다. 비 온 후의 나무며 풀에서 이런 향기가 났다.

문득 그의 코트에 머리를 파묻고 좀 더 맡고 싶다는 생각이 들었다.

'또 이상한 생각을!'

으윽, 나란 인간은 정말이지.

고개를 휘휘 저어 올려다보니 그가 나를 내려다보고 있었다. 까만 시선이 뺨에 닿자 나도 모르게 얼굴이 붉어졌다.

"이 검이군."

그의 목소리가 평소보다 더 차가웠다.

그가 내게서 검을 받았다.

"그 녀석에게 줬던 칼과는 다르군."

역시 알고 있구나. 소문 참 빠르네.

"재료는 훨씬 더 좋은 겁니다."

냉정하게 말한다면 경도도 강도도 이쪽이 훨씬 강하다.

아카넬이 물었다.

"그 녀석이 네겐 어떤 존재지?"

"친구입니다."

"검에 마음을 담아 아주 절절히 러브레터를 썼던데, 친구?"

설마 이 남자, 질투하는 건가?

생각해 보니 그랬다. 엘이 칼을 무지카를 위해 만들었다는 사실을 알면 아카넬이 가만히 안 있을 거라고 하긴 했다.

'으아아아! 완전 즉각적이잖아!'

이 상황에선 어떻게 해야 하지? 천장이 빙글빙글 돈다. 아주 돌아 버리겠어!

"사람이 칼에 찔려서 기어 들어오는데 제정신일 사람이 몇이나 있겠습니까? 거기다가 이미 부러진 칼을 고치라고 던져 주는데, 저는 그냥 그가 죽지 말았으면 했습니다!"

"그래? 그렇군."

내 대답에 그가 자신의 지팡이 검을 꺼냈다. 그러고는 자신의 검으로 내가 만든 새 검을 후려쳤다.

카앙!

그 한 방에 내가 만든 검이 반 토막이 나는 게 아닌가. 몇 주간의 노력이 토막 나는 순간이었다. 허망했다. 그리도 쉽게 검이 부러질 줄은 상상도 못 했다. 눈물조차 나지 않아서 멍하니 그 광경을 바라보았다.

부서졌다. 내 모든 게, 한순간이나마 담았던 내 정수가 이렇게 어이없이 부러져 나갔다.

대공이 토막 난 검을 집어 들고는 단면을 한참 바라보았다.

"나쁘지 않은 검이로군. 하지만 내가 사용하기에는 한참 부족해. 녹여서 단검으로 다시 만들어 오도록."

가슴이 부서지는 것 같다. 심장이 망가지는 것 같다.

다리에 힘이 풀려 주저앉으려는 순간 누군가가 나를 끌어안았다.

그가 내 목을 끌어안고는 내 입술에 키스하려고 했다.

'어, 어째서?'

나는 고개를 숙여 그의 입술을 피했다. 대신 그가 내 이마에 입을 맞추었다. 그의 숨결이, 근육의 삐걱임이 느껴진다. 심장이 녹을 것만 같았다.

'어째서, 왜?'

방금 그는 화가 났던 게 아니었나? 무지카에게 그런 검을 만들어 주고 자신에게는 기원이 담기지 않은 검을 만들어 줬기에 화가 나서 그랬던 거 아니었어?

그런데 왜 키스는, 그리고 나를 안아 주는 손길은 이렇게 달콤한 거지?

남자가 입술을 떼자 어쩐지 그 이마가 따끔거렸다. 심장
이 터질 것 같았다. 입술도 아니고 고작 이마였다.

'때려야 해. 주먹.'

하지만 손이 나가질 않는다. 몸에서 힘이 빠진다.

결국 나는 그냥 그 자리를 도망쳤다.

그가 뭔가 속삭였던 기억이 나는데 머리가 멍해서 무슨
말인지 제대로 듣지도 못했다.

가슴이 무너져 내렸다.

집에 도착하자마자 부러진 칼날을 용광로에 집어넣고는
무릎을 껴안고 한참을 울고 또 울었다.

대체 대공의 그 지팡이 검은 뭘까? 내 검이 부러진 건 그
기원의 힘이라는 게 안 담겨 있기 때문이었을까?

하지만 그 무식하게 강한 인간이 누군가에게 생명을 위
협받는다는 건 상상도 안 된다.

기원이라는 건 절실한 마음에서 나온다. 내 검이 소유주
를 지켜 주길 바라는 강한 마음이 필요하다.

그러나 대공이 쥐면 마늘빵도 훌륭한 무기가 되지 않던
가.

"그런 강한 인간을 상대로 무슨 절실함을 가지라고."

거기다가 대체 왜 내게 입을 맞추었던 거지?

왜? 왜? 위로의 의미치고는 너무 큰 제스처가 아니던가. 그때를 생각하니 심장이 터질 것 같아서, 그런데 어쩐지 분해서 또 울었다.

이상했다. 뭔가 느낌이 달랐다. 고작 이마에 키스를 한 것뿐이었다. 그놈의 엘이 내게 수차례 집적였고 그때마다 수차례 두들겨 패지 않았던가.

'뭐가 다르지.'

이마를 만져 보았다.

'왜 분한 거지? 단순히 검이 부러져서?'

나름대로 역작이라고 자신했던 게 그렇게 처참한 꼴을 당했으니 분한 건 당연했다.

경도고 강도고 날카로움부터 무게중심까지, 그 검을 뛰어넘는 건 없었다. 순수하게 검으로서의 능력만 본다면 무지카의 검이 한 수 아래다.

화가 난다. 분노가 치밀어 올랐다.

'그런 건가? 정말로 그거뿐일까?'

나는 부러진 검을 한참이나 내려다보았다.

'난 또 그의 말대로 단검이나 만들고 있네.'

나란 인간에 신물이 난다. 이 와중에도 부족한 부분을 분석하고 다음 스텝으로 넘어가기 위해 뇌를 움직이고 있다. 이렇게 죽을 것처럼 가슴이 아픈데도.

쇳물 속에 칼날을 집어넣는다.

초콜릿처럼 녹아내리는 철을 보고 있으니 다시 눈물이 나왔다.

그런데도 다른 쪽 뇌는 착실하게 내 손을 조종하고 있다. 수십 번, 수백 번 해 온 그 행동을 습관처럼 하고 있다.

'빌어먹을, 빌어먹을.'

인간으로서의 나는 절망에 몸을 부딪치고 있지만 장인으로서의 나는 광기에 젖어 되물었다.

'부러질 만했어. 그런 검을 감히 드래곤 슬레이어에 견줄 수 있겠어? 기술이 부족해. 마음도 부족해. 그렇다면 어디를 더 향상시켜야 하지?'

미친년. 엄마 말이 맞다. 질질 짜면서도 주소로 할시 단조로 할지 고민하는 꼴을 보니 우리 엄마는 선견지명을 갖고 있나 보다.

장인으로서의 내가 생각한다.

'단조가 나아. 가뜩이나 검신도 짧은데 경도까지 나쁠 수는 없잖아. 설마 거푸집에 붓고 끝내려고?'

추하다. 나는 칼에 미친 년이다.

슬프고 싶으면 침실에 가서 베개를 끌어안으면 된다. 하지만 그건 대장장이로서의 내가 용납하지 않았다.

'접쇠 방식은 잘 사용하지 않지만, 이미 한번 사용한 재료를 다시 녹이는 거니까 성분을 균일하게 하는 게 좋겠지. 책에서 시서펜트의 어금니는 재활용이 가능하다고 했던 것 같은데…….'

슬프다. 가슴이 찢어질 것 같다.

나는 그렇게 망치를 들었다.


리버가 온 건 단검이 완성된 당일이었다. 솔직히 단검을 만들 예정이었는데 정작 내가 완성한 건 환도 두 자루였다. 시미터라고 불리는 얇은 도다. 나중에는 재료가 모자라서 더 부어서 더 만들었다.

"이야아, 멍청하기는."

내 정신이 내 정신이 아니다. 부러지는 것도 검으로서 소임을 다하는 거라고 무지카에게 큰소리 땅땅 친 지 얼마나 됐다고 그 결과가 이거다. 만들고자 하는 검도 제대로 못 만들고 엉뚱한 걸 만들고 있었으니.

그때의 절망감과 함께 대공의 입술이 스쳐 갔던 그 느낌이 망치질하는 내내 달라붙어 있었다. 그래서 더 집중을 못 한 건지도 모른다.

리버가 반가이 나에게 말을 건다.

"누나! 어라, 저 칼 뭐야?"

마음만 먹으면 얼마든지 내 마음을 읽을 수 있으면서 꼭 저렇게 물어본다. 대답을 하려다가 벽을 붙잡고 구토를 했다. 나는 꼭 이렇다. 뭐 하나에 집중하면 몸을 돌보질 못한다. 리버가 놀라서 비명을 지르고 청안이 뛰어와서 나를 업고 욕실로 끌고 갔다.

"으아아아! 아가씨이이! 또 탈진입니까아!"

동화 속의 공주님들은 탈진하는 것도 우아하게 쓰러지더니만 나는 왜 이 꼴인지 모르겠다.

'질질 울면서 망치질하고 한숨 푹푹 쉬면서 칼날 세우고.'

그래, 칼에 미친 년이지. 나란 인간은.

아무튼 청안의 도움으로 그럭저럭 인간의 모양새를 갖추었다. 침대에 엎어져서 쉬고 있는데 리버가 말했다.

"마계로 갈래?"

"웬 마계요?"

"누나가 만든 시서펜트의 칼 정도면 솔직히 드래곤은 못 잡아도 지상에 강림한 상급 마족 정도는 잡는 수준이거든."

"그 정도면 대단한 거 아닌가요?"

"대단하지. 그런데 대공은 그걸 원하는 게 아니잖아. 말 그대로 드래곤, 즉 용신을 잡을 정도가 아니면 안 된다는 거잖아."

"네."

"그렇다면 결국 드래곤을 잡거나 그 급의 존재들에게 부탁하는 수밖에 없지."

마계라면 마족을 말하는 건가? 그런데 용신급의 존재라면……?

"마족, 그것도 최상위급 마족 정도는 되어야겠지."

"그런 존재가 도와줄까요? 솔직히 영혼이라도 바쳐야 하는 거 아닙니까?"

내 말에 리버가 한참을 웃었다.

"다른 사람 영혼을 받아다 뭐에 써?"

"막, 강해진다거나… 신화나 그런 데 보면 꼭 나오잖아요. 영혼을 바치면 소원을 들어준다거나."

내 말에 리버가 고개를 저었다.

"그건 불가능해. 자신의 영혼은 자신의 것이야. 마족이 타인의 영혼을 가진들 아무런 이득이 없지. 물론 재미를 위해 얻는 자들도 있겠지만 그것뿐이야."

그렇다면 그건 그거대로 문제다. 일단 마족이 돈 받고 이빨 팔고 뼈 팔아 줄 것도 아니고, 무슨 이득을 받고 나를 도와주냐는 거다.

"장인이란 존재들은 말이야, 영혼을 팔아서라도 최고의 무언가에 닿고 싶어 하지. 그게 장인이야. 누나가 평생 걸어야 할 길이기도 하고."

맞는 말이다. 달빛 곰족 아저씨들도 혼 팔아서 원하는 경지에 도달할 수 있으면 싸게 먹히는 거라고, 영혼이라도 팔고 싶다고 수차례 말하지 않았던가.

리버가 말했다.

"마족들도 무기를 사용하고 그들이 사용하는 무기는 보통 사람은 고치기 힘들거든. 누나가 가진 철의 소리를 듣는 능력이라면 그들의 무기를 고쳐 줄 수 있을 거야. 그쪽은 힘이 전부인 일족들이니 더욱 무기가 소중하지."

"아, 그렇다면 그 대가를 받으면 되는 거군요!"

"응! 마계에 내 친구가 있으니까 그 녀석도 도와줄 겸 이거저거 부탁하면 될 거야. 그 대신에 누나 나랑 같이 마계에 다녀와야 하는데, 괜찮지?"

으으, 마계 여행이라니. 지옥과 마계는 엄연히 다르다.

죽은 사람이 가는 곳이 지옥이고, 마계는 악마들이 모여 있는 곳이다. 멀쩡한 인간이라면 절대로 못 갈 그런 곳. 리버가 뱀처럼 웃었다.

"금방 끝날 거야, 누나. 마계랑 현실 시간은 다르니까 어쩌면 시간이 단축될 수도 있고. 거기다가 궁금하지 않아? 마족들이 사용하는 무기라니. 분명 인간세계에서 사용하는 것들과는 많이 다를 거라고?"

꿀꺽.

그래, 솔직하게 말하지. 궁금하다. 진짜로 궁금하다. 그곳의 무기라면 분명 인간들이 사용하는 것보다 훨씬 강할 거고 말이지, 말 그대로 신화에나 나올 법한 무기들이 발치에 깔려 있을 거 아닌가! 하지만 마계라니, 나같이 멀쩡한 (?) 인간에게는 너무 벽이 높다고!

"그… 고위급 마족이라면, 마왕이나 그런 사람을 상대해야 하는 건가요?"

"마왕? 하하하하, 잊고 있었어?"

우리의 꼬맹이는 화사하게 웃으며 엄지손가락으로 자신을 척 가리켰다.

"나 마왕 하나 잡아서 심장 먹었잖아. 어느 마왕이 날 좋아해? 하하하하."

그 웃음이 너무도 화사해서 뒤에서 봄바람이라도 날아올 것만 같다.

그렇구나. 자칭 내 인생의 반쪽이자 타칭 인생의 족쇄라고 불리는 저 아크 리치는 마왕들에게도 미움을 받는 그런 존재였다.

그가 검지를 들었다.

"그래도 내 덕분에 득을 본 녀석이 있어서 그 녀석에게 부탁하면 될 거야."

"아까 말했던 친구?"

"응, 친구."

그는 가슴을 펴며 덧붙여 말했다.

"세상에서 가장 섬세하고 착하고 명랑한 내 친구."

……그런 위인이 왜 마계에서 산답니까.


아무튼 나는 덕분에 마계의 문을 열고자 생닭 잡아 목 비틀고 열심히 마법진을 그리고 있다. 리버 녀석, 좀 도와줘도 될 법한데 마계로 넘어가는 차원의 문을 열기 위해서는 마력 소모가 크고—그나마도 그의 힘 일부는 내가 가져간지라— 마력을 조금이라도 절약하기 위해서는 고양이로 있어야 한다나 뭐라나.

'아아, 우울해. 우울하다. 무슨 연적을 저주하는 후처도 아니고.'

어디 궁중암투물 소설에 보면 꼭 이렇게 밤이면 밤마다 닭 모가지 따다가 사람 저주하는 놈들이 하나씩 있곤 했다. '오호호! 죽어라, 아무개 황비! 이 의식이 끝나면 황제 폐하의 사랑은 내 것이야!' 라고 말하곤 하지. 어떻게 된 게 레퍼토리가 변한 게 없어요.

리버가 말한 대로 마법진을 전부 그리고 나자 리버가 앞발로 양동이를 엎었다. 물이 왈칵 쏟아지며 마법진을 완전히 덮는다. 신기하게도 흙바닥 위에 했는데 물은 전혀 땅에 스며들지 않았다.

찰랑이는 수면 위로 은빛 보름달이 반사된다.

"이 안으로 들어가. 누나."

"물 위에 서라는 거죠?"

"아니야. 들어가라는 거야."

무슨 의미일까 싶어 주춤주춤 발을 디딘다. 그 순간, 내 발목이 물 안으로 풍덩 빠진다.

기이했다. 정말 기이했다. 이 아래는 분명 흙바닥이어야 옳다. 그러나 발목까지 물이 차 있다. 이 발 아래에는 뭐가 있는 걸까.

밤하늘을 반사하는 이 은빛의 거울 아래에 있는 것은 대체 뭘까.

"이미 시공간은 일그러졌어. 이걸 달의 힘을 이용해 더욱 일그러뜨릴 거야. 중간계와 마계의 경계를 점점 더 허물 거고. 그러면 이 밑바닥은 점점 더 깊어질 거고, 누나는 물속으로 완전히 빠지게 될 거야."

리버는 고양이에서 인간의 몸으로 돌아간다.

"무섭겠지만 절대로 뒤를 돌아보면 안 돼, 누나. 경계와 경계 사이에는 온갖 나쁜 것들이 숨어 있거든."

달빛이 리버의 머리카락 아래로 뚝뚝 떨어진다. 소년은

청년이 된다. 처음 보았을 때의 그 모습이었다.

"마계보다 나쁜 것도 있나요?"

"응, 있어. 아주 나쁜 것들. 그것들은 언제나 어둠 속에 웅크리고는 사람의 몸을 노리고 있지. 저기 봐 봐. 늘 함께 있잖아."

리버는 턱으로 그림자를 가리킨다.

어린아이 때와는 달리 어른 모습의 리버는 고양이와 사자만큼이나 위압감이 다르다. 리버는 새카만 매니큐어가 발린 손톱으로 내 목을 긁는다.

나는 그대로 마법진 한복판에 선다.

방금 그린 마법진으로 중간계와 마계의 경계가 흐려졌다. 내 발 아래에 있는 이 수면은 세계와 세계의 경계 같은 거라고 했다.

'절대로 뒤를 보면 안 돼. 절대로 뒤를 보면 안 돼.'

몇 번이고 되뇐다.

"정 힘들면 눈을 감도록 해."

"아뇨, 뜰 겁니다. 끝까지 보고 싶으니까요."

"배짱 있네. 그래야 내 누나지."

리버는 주문을 외우기 시작했다. 빠르고 낮은 주문이 밤 공기를 부순다. 나는 소리의 파편을 눈으로 붙잡으며 그의 머리카락을 바라본다.

선연하게 짙은 보라색.

밤보다 어둡고, 새벽보다는 밝은 빛.

"Ar…… rheas…… 어머니와 어머니의 어머니의 이름을 걸고 명하노니, 그곳은 절망보다 깊은 곳……."

바닥이 꺼진다. 흡사 늪처럼 내 몸이 점점 밑으로 끌려들어간다. 발목까지 내려오던 수심이 이제는 무릎까지 내려온다. 무릎에서 허벅지까지. 그리고 허벅지에서 허리까지. 마침내 가슴까지 차오른다.

아니, 물이 차오르는 게 아니다. 내 몸이 점점 깊이, 밑없는 늪으로 빨려 들어가는 거다.

리버는 안대를 벗었다. 안대 안쪽 눈이 적포돗빛으로 물든다.

사선으로 잘린 앞머리가 바람에 흩날린다.

"……그곳은 통곡보다 무거운 곳, 사망보다 어두운 곳, 메아리치는 어둠……."

물은 목까지 차올랐다. 마치 누군가가 내 발을 붙잡고 아래로 끌고 내려가는 것만 같았다. 살아 있는 사람이라면 마땅히 느껴야 할 근원적인 공포가 밀려온다.

무서워서 그의 어깨를 붙잡는다. 내 목을 붙잡는 그의 손톱이 왠지 아프다.

도망치고 싶었다. 그러나 내 목을 붙잡은 그의 손이 너무

나도 단단했다. 가시나무에 갇힌 새처럼 나는 저항하지도 도망치지도 못한 채 그저 발 아래로 끌어당기는 어둠을 기다렸다.

"삼켜라. 심연이여."

내 몸이 물 아래로 끌려들어간다.

달빛이 수면 위로 빛난다. 물 아래에서 보이는 수면은 마치 그것만으로도 하늘 같아서 두려웠다. 이제 두 번 다시는 돌아갈 수 없을 것만 같았다.

어둠이 나를 끌고 내려간다. 리버의 보라색 머리카락이 해초처럼 흔들린다. 숨은 다행히 막히지 않았다. 평범한 물은 아닌 모양이다. 리버가 내 목을 끌어안았다.

"날 봐. 누나."

리버의 등 뒤로 새하얀 새가 추락하고 있었다. 순수하고도 영롱한 그것은 어둠 속에서도 밝게 빛났다. 새의 깃털이 별빛이 되어 어둠 속에서 부서진다. 흩어지는 빛이 가련하고도 허망해서 눈을 뗄 수가 없었다.

그가 내 눈동자를 바라본다. 내 망막에 비치는 새를 읽어 낸다.

"아니야. 새가 아니야."

그때 누군가가 내 등 뒤에서 속삭였다. 절망보다 깊은 목소리로.

"…천사야."

바보 같게도 나는 습관적으로 뒤를 돌아보려 했다. 리버가 내 목을 틀어쥔다. 새카만 무언가와 눈이 마주칠 뻔했다. 그 순간, 그대로 의식을 잃었다.

## 2.

따뜻한 물이 내 뺨을 감싼다. 눈을 뜨니 꽃이 천장에 붙어 있다. 아니다. 천장이 아니다. 저건 수면 위다. 나는 물속에 들어 있었다. 화들짝 놀라 몸을 일으킨다.

욕조다. 그것도 꽃잎과 허브를 잔뜩 띄워 놓은 욕조. 물에는 무슨 향유라도 뿌려 놓았는지 향기롭기 그지없다.

"아, 일어나셨군요."

목소리에 돌아보니 머리에 산양 뿔이 달린 여성이 방긋 웃고 있다. 입고 있는 옷을 보니 내가 살던 세계에서 봤던 하녀복과 다를 바가 없다. 다만 그 디자인보다 스커트가 좀 더 짧고 가터벨트가 드러난다는 정도가 차이라고 할 수 있겠다.

"여기, 마계인가요?"

내 질문에 그녀가 입을 가리고 웃었다.

"네. 기절하고 계셔서 저희가 맡았어요. 일행분께서는 군주님과 담소를 나누고 계신답니다."

"그러면 당신은……?"

피부색이 어둡다는 걸 제외하고는 보통 사람과 똑같이 생겼는데 그녀의 동공은 마치 뱀이나 고양이처럼 좁았다.

"마족이랍니다. 아, 인간 세계 분들에게는 악마라는 표현이 더 편하려나요?"

"아, 악마 말입니까? 그, 사람을 잡아 지옥에 떨어뜨린다는 그런?"

그녀는 내 어깨를 천천히 주물렀다. 코팅 매니큐어에는 꽃이 그려져 있었다.

"인간계에 내려가서 사람을 유혹하는 건 좋아하지만 지옥에 직접 떨어뜨리진 않습니다. 자신의 죗값은 자신의 것이니까요."

그, 그렇구나. 직접 악마에게 이런 말을 들으니 왠지 식은땀이 흐른다.

그녀는 긴 손톱으로 아프지도 않게 잘도 뭉친 근육을 풀어준다.

"착한 일도 그 사람의 것이고 악한 일도 그 사람의 무게죠. 자신의 영혼은 자신이 책임지는 거랍니다, 아가씨."

갓 꽃봉오리를 피운 백합처럼 청초한 목소리가 귓가를

적신다. 그러나 목소리 끝에 나오는 그 숨결은 놀랍도록 달
콤해서 더 듣고 싶어 견딜 수 없을 정도다.

'아, 이거 알아. 아리네스의 목소리.'

그녀의 목소리도 이렇다. 그녀의 말이 악마와 비슷하다
는 사실을 전해 준다면 그녀는 기뻐할까, 아니면 싫어할까.

그녀는 안마를 끝내고는 양털 가운을 건넸다. 바닥에 내
려놓은 슬리퍼도 폭신폭신하다.

밖으로 나가니 호화로운 방이 펼쳐져 있었다. 미리 기다
리고 있던 마족들이 무릎 꿇고 인사했다.

'느낌이 이상해.'

보통 저택이라면 기껏해야 허리를 숙이는 정도인데 이건
대놓고 절이다.

'하긴 국가마다 풍습이 다른데 여기는 세계가 통째로 다
른 거니까. 이방인인 내가 이상하다고 할 문제는 아니지.'

그녀들은 나를 꾸몄다. 다행히도 내가 있던 세계와는 달
리 움직이기 편한 옷이다.

코르셋도 없고 힐도 없다. 스커트가 짧아서 바지로 달라
고 부탁하자 이번에는 짧은 바지를 가져온다. 아무래도 허
벅지를 보여 줘야 하는 게 이 동네 풍습인 모양이다. 그나
마 이거라도 있어서 다행이지 싶다.

'뭐 마계에서는 마계 법을 따라야 하는 법이지.'

원래 세계에서는 드레스 하나 갖춰 입으려면 내장이 구겨질 정도로 코르셋을 조여야 한다. 차라리 이쪽이 감지덕지다.

옷을 입고 밖으로 나가니 긴 복도가 펼쳐져 있었다. 마계답게 어두운 복도에 촛대가 줄지어 이어져 있다. 마족 시녀들의 안내를 따라 쭉 가 보니 응접실, 그것도 안쪽 부엌에서 말소리가 들렸다.

시녀들은 더 이상은 에스코트를 할 수 없는지 다시 절을 한다. 몸 둘 바를 모르겠다.

안으로 들어가니 4층으로 쌓은 딸기 밀푀유 케이크가 나를 맞이하고 있었다.

'어라?'

부엌 한가득 달콤한 향이 가득했다. 부엌 앞에는 손님들이 바로 집어먹기 좋게 식탁이 길게 놓여 있었고, 그 식탁 위에는 케이크와 푸딩, 타르트가 융단처럼 빽빽이 놓여 있다.

"아, 누나 왔어?"

리버는 거대 파르페를 떠먹고 있었다. 파르페를 장식하고 있는 과일은 멜론과 포도를 섞은 것 같은 기묘한 형태였는데 맛있는 향기가 났다.

부엌에서는 누군가가 거품기로 생크림을 젓고 있었다.

"어라, 깨어났네?"

그가 뒤를 돌아본다. 벚꽃색 머리카락에 눈동자는 자수정과 닮아 있었다. 또렷한 이목구비는 둘째 치고 인상 자체가 어딘가 성스럽기 그지없었다. 신전에서 봤던 천사와 똑 닮았다. 이 세상 사람이 아니었다. 그야말로 극한의 아름다움이라고 할 만했다.

한없이 미에 근접해 있으나 여성인지 남성인지 구분하기가 어려웠다.

목소리조차도 아름답다는 느낌이 들었지만 성별을 구분하기 어려웠다. 거기다 벚꽃색의 머리카락이라니. 당장 여성에게 하는 예를 표해야 할지 남성에게 하는 예를 표해야 할지부터 난감하다.

일단 여자에게 하는 예를 표하기로 했지만 아, 치마가 없다. 하필 바지를 입고 온 터라 셔츠 끝이라도 붙잡고 다리를 굽혔다.

"초대 감사합니다. 어, 저…… 뭐라고 불러야 하죠?"

"보통은 군주님이라든가 마왕님이라고 부르지만, 그러네~? 내 친우의 반려자에게 그런 딱딱한 표현을 시키는 것도 그렇고~ 키르카라고 부르는 건 어떨까 생각도 드네."

마치 봄날의 고양이 같은 어조다. 경쾌하고 나긋나긋한 어조.

"마왕……이시라는 거죠?"

"응, 참고로 지금은 남자♬"

"나, 남자요? 지금은?"

"천사일 때는 중성이었거든. 아니, 여성과 남성이 함께 였으니 양성체라고 부르는 게 나으려나?"

"천사?"

내 질문에 리버가 대답했다.

"응, 타락 천사 출신이거든. 천상계에 잘 있다가 일 터프 리고 추락했어. 내가 마왕을 잡아먹어서 공석이 생길 때 마 침 이 녀석이 이쪽 제3 마계에 떨어진 덕분에 마왕 자리를 차지했지. 이 녀석 천계에서도 꽤 고위급 천족이었거든."

천계라면 그러니까 신계라는 거지? 그, 우리가 신선에 가서 모시는 그 신들이 있는 저 까마득하게 높은 곳.

뭔가 스케일이 다르다.

"키르카…… 님이라고 했죠?"

"그냥 편하게 키르카라고 불러, 예쁜 아가씨♬"

핑크 머리카락의 마왕님이 내 입술에 검지를 얹었다.

3.

태초에 커다란 구슬이 있었다. 이것을 태초의 원(圓)이라고 부른다. 이 원이 부서지면서 가벼운 물질들은 위로, 무거운 물질들은 아래로 내려갔다고 한다. 그 물질들은 겹겹이 서로 뭉쳐서 세계를 만들었다고 전해진다.

위에 있는 가벼운 물질들은 천상계가 되었다.

7개의 천상계는 7명의 주신들이 보살피게 되었고 가장 무거운 물질들이 모여 있는 곳은 마계가 되었다. 마계는 13개의 마계로 나뉘었고, 13명의 마신들이 각각 지키게 되었다. 그러나 마신들은 과거 신마대전 때 신들에게 패배하여 깊은 잠에 빠졌다. 그 자리를 메꾼 게 13명의 마왕들이다.

비록 신은 아니기에 창조의 힘을 가지고 있지는 않지만 전투력은 마신에 필적하는 자들이었다. 그리고 그 가운데에 내가 있는 중간계가 있다.

중간계는 신계와 마계의 사이에 놓여 있는데, 사람들이 저지르는 죄업이 높아지면 높아질수록 세계 자체가 무거워지기 시작해서 마계에 가깝게 되고, 사람이 선행을 많이 베풀면 베풀수록 세계는 더 가벼워져서 신계에 가깝게 된다.

이 세계가 마계에 완전히 닿는다면 그때는 세계 멸망이 되고, 이 세계가 천계에 닿는다면 그때는 질병도 고통도 없는 유토피아가 열린다고 한다. 그러나 결론적으로 말하면

이 세계는 좀처럼 꺼지지도, 그렇다고 솟아오르지도 않고 대체로 가운데를 유지하고 있다고 한다.

나쁜 일을 많이 저지른다면 신이 사자를 내보내서 사람들에게 죄업을 깨닫게 하고, 착한 일을 많이 베풀어 세계가 천계에 가까워진다면 마왕들이 마족들을 내보내 밑바닥으로 끌어내린다.

"그런데 뭐, 그런 거 안 시켜도 늘 똑같달까나♪"

현직 마왕께서 우유 푸딩 위에 딸기 비슷한 과일을 토핑했다.

"착한 일을 하고 나면 뒤돌아서 나쁜 일을 하는 게 인간이기도 하고, 마냥 냉혈한 살인마 같아 보여도 버려진 개를 수십 마리 거둬서 키운다거나 하는 일도 흔하고."

"그래서요?"

그는 요리를 끝마친다.

"이 세상 어떤 인간도 선과 악으로 딱 잘라 구분할 수 없다는 거야♪"

말투 참 적응 안 된다.

지금 내 눈앞에 있는 핑크 머리칼의 여리여리한 천사님은 과거 천상계에서 수목을 관리하던 대천사 키르카엘이다. 성전을 읽어 본 이라면 누구나 다 알고 있다. 그도 그럴게 구제국 건국 신화에 키르카엘이 나타나 초대 황제에게 계시를 내려줬다든가 아니면 용사 전설에서 노파의 모습으로 홀연히 나타나 길을 알려주고 사라진다든가 하는 이야기가 많다.

그래서 상징이 포도나무다. 그는 나무를 자라게 하고 열매를 맺게 했다. 또한 물을 정화시켜 주기도 하고 의술을 전수해 병자의 상처를 돌보았다.

그런 대천사님이 대체 무슨 잘못을 저질러서 제1 천상계 가장 꼭대기에서 이런 마계까지 추락했는지는 모르겠다. 그러나 리버의 말에 따르면 그는 이곳에서 정반대의 이름으로 불리고 있다고 한다.

### 가시나무와 앵속(罌粟)의 제3 마왕 키르카.

'엘'은 천사에게만 붙이는 호칭이다. 밝은 자, 높은 자, 순수하고 고귀한 자라는 뜻이다. 이제 타락했으니 그에게 엘을 붙일 수 없다. 그래서 '엘'이 빠진 키르카다.

앵속, 다른 말로는 양귀비꽃이라고도 부른다. 앵속의 마왕 키르카는 무엇이든 매료시키고 부식시키며 마침내 썩게 만든다. 중독을 만들고 병자들을 만든다. 그가 키우는 독초는 하나같이 마약이나 맹독들뿐이라서 음모를 저지르는 자들이 그를 찾는다.

자애와 수목의 천사는 이제 가시와 부식의 마왕이 되었다.

그가 방글방글 웃었다.

"그렇다고 해도 큰 차이는 없어. 나는 그저 무엇이든 키우고 자라나게 할 뿐이야. 그게 나무가 되었든 독초가 되었든 새살이 되었든 병균이 되었든 말이지♬"

리버가 맞장구를 친다.

"맞아맞아. 독도 잘 쓰면 약이 된다고?"

둘이 서로를 바라보더니 한참을 웃는다. 정말이지 엄청 죽이 잘 맞는 콤비다.

키르카는 요리 담당, 리버는 먹기 담당. 그 많던 단 것들이 리버의 뱃속으로 사라진다.

그가 내게 물었다.

"아까부터 한 입도 대지 않았는데 먹고 싶은 거 없니?"

"별로 식욕이 없어서요."

리버가 내 팔을 붙잡았다.

"그래도 말해 봐. 이 녀석 진짜 뭐든지 다 만들어 주거든."

"뭐든지요?"

"응, 원한다면 사람 고기라도 볶아서 줄걸?"

그 말에 비위가 조금 상했다.

"정말로 원하는 건 다 해 주는 모양이에요."

키르카가 고개를 끄덕였다.

"맞아. 그래서 나는 추락했어."

리버가 스푼을 문 채로 말했다.

"저 녀석에게 어떤 놈이 제 어미가 죽었으면 좋겠다고 소원을 빌었거든. 그걸 들어줬는데 그게 문제가 되었지."

"……정말로 죽였다는 거예요? 천사가?"

"응, 그 이후에 또 어떤 녀석은 세계 멸망을 빌었는데 그 녀석 신앙심이 깊어서 천계까지 닿았거든. 그걸 또 들어주려 했어."

아… 생각해 보니 키르카엘이 유명한 이유가 하나 더 있었다.

모든 천사들 중에서 가장 소원을 잘 들어주는 천사가 키르카엘이다. 상대가 용사든 뭐든 순수한 소원이 천상에 닿으면 키르카엘은 모두 들어준다. 어차피 천상계까지 기도가 닿으려면 그 기도는 잡념이 없어야 한다. 말 그대로 순수한 바람만이 가능하다.

그게 종종 선악을 뛰어넘기도 하고, 서로 상반된 기도, 이를테면 '내일 비 오게 해 주세요'라는 기도와 '내일은 맑게 해 주세요'라는 기도가 충돌할 때도 드물긴 하지만 있다. 이런 경우에는 보통은 한 가지만 선택해서 해 준다.

그러나 키르카엘은 진짜로 마을을 절반으로 딱 나눠서 반반으로 해 준다든가 낮까지는 비 오고 오후에는 맑음, 이렇게 해 버린다. 그런데 이건 천사님이 그만큼 우리를 생각해 주기 때문이라고 받아들이지, 소원만 빌면 다 해 주는 호구라서 그런 거라고는 아무도 상상 못 할 것이다.

심지어 경전에서 A라는 나라와 B라는 나라가 동시에 서로의 멸망을 걸고 키르카엘에게 기도했는데 둘 다 소원이 이루어진 덕에 100년 동안 인세의 지옥이 벌어진 적도 있었다. 그러나 그건 두 나라 사람들의 자만심과 그릇된 신앙심에 벌을 내리기 위해서라고 기록되어 있었다.

당연했다. 천사님은 선하고 현명하며 정의로운 존재시니까.

리버가 말했다.

"이 녀석은 뭐랄까…… 음, 극단적으로 이타적(利他的)인 녀석이랄까, 줏대가 없지. 누가 원하든 그게 순수한 소원이라면 선악을 떠나서 전부 들어주려 하니까."

"마계에서는요?"

리버가 스푼을 흔들었다.

"마계는 힘의 원리로 움직여. 부탁이라는 개념이 없는 곳이야. 마계에 존재하는 규칙이란 오로지 강자가 약자에게 내리는 명령뿐. 말했잖아. 이 녀석은 내가 전 마왕을 죽인 후, 순수하게 힘만으로 마왕이 된 놈이야. 어떤 놈도 이 놈에게 소원을 빌지 못해."

이거 참, 천직이라고 할지.

소원이 천상계에 닿기만 하면 세상 멸망을 원해도 들어 주는 글로벌 호구 대천사님이 마왕이 되자마자 아무에게도 소원을 받지 못한다는 거네.

'앵속(罌粟)의 마왕이라니 딱 그 말이 맞아.'

무엇이든 들어주며 아무런 대가도 바라지 않는 존재라 니, 그만큼 중독적인 게 있을까? 그는 램프의 요정이다.

그것도 세 가지의 소원이 아니라 어떤 소원이든 들어주 는 존재다.

그 안에 선악은 없다. 자신은 오로지 타인을 위해 사용되 는 도구일 뿐.

케이크에 포크를 가져가려다가 결국 멈춘다.

"키르카 님에게 자신이란 없는 건가요?"

"그거 재미있는 의견이군요."

그가 싱긋 웃었다.

리버가 입을 열었다.

"그런 의미에서 말이지, 누나가 굳이 이 녀석의 무기를 고쳐 주고 대가를 받을 필요도 없어. 마계의 사람이 아니라 규칙이 적용되지 않으니까, 뼈든 이빨이든 심장이든 부탁할 수 있잖아."

어이가 없어져서 그에게 물었다.

"당신 정말 무엇이든 주는 건가요? 뼈든 이빨이든, 심지
어 생명까지도."

키르카는 새로운 케이크를 만들어 내게 건넸다. 딸기 몽
블랑 케이크.

"당신이 원하신다면."

케이크는 겉으로만 봐도 윤기가 흘러내렸다. 푹 쌓인 생
크림 아래로 딸기가 가득 차 있다. 딸기 하나하나 얼마나
당도가 높은지 설탕으로 졸일 필요도 없었다.

한입 넣으면 입 안에서 딸기가 톡 터져 나가겠지. 그걸
생크림이 부드럽게 감싸줄 거고.

알고는 있지만, 알고는 있지만 역시나 먹을 수가 없었다.

"그건 마음에 들지 않네요."

리버가 턱을 괴고는 유혹적으로 웃는다.

"최고의 검을 만들고 싶은 거 아니었어, 누나? 이 녀석
은 마왕이야. 나쁜 놈이라고? 한때는 천사였지만 이제는
사람을 유혹하고 중독시키는 타락 천사야. 이런 녀석을 고
작 말 몇 마디로 무찌를 수 있어. 원한다면 뼈든 살이든 심
장이든 가져갈 수 있어."

드래곤 슬레이어, 어쩌면 그 이상의 검을 만들 수도 있다.

천사였으니 신성을 띄고 있을 거고, 그게 타락하였으니 공격적인 부분도 있으리라. 잘만 조합한다면 예전에도, 이후에도 없을 무기가 만들어진다.

리버가 내게 케이크를 다시 밀었다.

"누나와 내가 힘을 합친다면 국가 하나 정도는 지도에서 지워 버릴 무기도 만들 수 있어. 그러니……."

'……어서 먹어.'라고 케이크는 나를 유혹하고 있다.

상대는 마왕이니 죽여도 죄책감은 별로 없을지도 모른다.

'마왕을 물리치는 건 분명 이 세계를 위한 길이기도 하고.'

비록 제3 마계에서 잠자코 지낸다고는 하지만, 우리의 세계는 천계에 가까워질수록 낙원이 열릴 거고 마계에 가까워질수록 지옥으로 가라앉을 테니.

포크를 들고 딸기 몽블랑 케이크를 찌른다. 생크림이 무너지며 싱그러운 딸기 과육이 루비처럼 빛난다. 딸기 향기가 코부터 혀 안쪽까지 자극한다. '어서 넣어 줘. 어서 집어삼켜 줘.'라고 말하고 있다.

"당신은 제가 죽으라고 하면 죽을 건가요?"

앵속의 마왕이 싱그럽게 웃었다.

"네가 바란다면."

"당신이 죽으면 제3 마계는 어떻게 되는 거죠?"

"그 다음으로 강한 이가 마왕이 되겠지. 하지만 나보다 강한 놈이 나오기는 힘들 테니, 제3 마계는 예전과 같지 않겠지♬"

확실하게 인간계는 좋아진다. 그럼에도 결국 나는 포크를 놓았다.

"죄송합니다. 거절하겠어요."

"어째서?"

"정당한 일이 아니니까요."

언젠가 오늘, 이 선택을 후회하게 되는 날이 올지도 모르겠다. 그러나 어디까지나 내가 이곳에 왔을 때 받은 의뢰는 '무기를 수리해 달라'였다.

"장인들 중에, 아주 오래된 장인들 중에 자신의 가족이나 연인 같은 분들을 죽여서 그 뼈로 검을 만드는 이들이 있었죠."

"극한의 저주가 깃든 전설의 마검이 만들어지곤 했지."

"네, 어떤 사람은 자신의 아들을 쇳물에 넣기도 했어요."

불과 함께하되 절대로 가까이해서는 안 된다. 그건 하나의 선이었다.

이성과 광기 사이를 잇는 선. 내가 그나마 인간의 모습을 하고 장인으로 살 수 있는 유일한 선이었다.

"당신의 목숨으로 검을 만들고자 한다면 그때는 제 목숨도 걸어야겠죠."

"공평하지 않다는 거야?"

"그저 장인으로서 제 나름의 원칙이 있다고 대답할게요. 이건…… 비겁해요. 정당한 노동의 대가가 아니잖아요."

내 대답에 리버는 뭐가 그리 웃긴지 배를 잡고 한참을 웃었다. 반면 키르카는 그저 자애로운 미소로 나를 응시한다.

"제가 부탁하고 싶은 건 자기는 자기가 챙기라는 겁니다. 대체 뭡니까? 시키는 대로 다 한다는 게. 바라는 거 없어요? 남 소원 막 들어주면 행복하세요? 태초부터 있는 천사님이니 나이도 먹을 만큼 먹은 사람이 왜 그래요?"

푸하하하, 리버는 너무 웃어서 의자에서 넘어졌다. 그래, 비웃어라. 전직 대천사님이시자 현직 마왕에게 훈계하는 내 신세가 웃기다. 하지만 내가 죽으라면 죽겠다는 건 미친 것 같다.

그가 물었다.

"그게 부탁?"

속 터지겠다.

"네, 다른 사람이 시킨다고 막 하지 말고, 자기가 하고 싶은 게 뭔지 좀 생각하고 살라고요!"

"알았어 ♬"

천사님은 수줍게 웃더니 기쁜 듯이 거품기를 휘저었다.

아아, 대체 이 마왕님은 뭐가 어디서부터 잘못된 걸까.


## 4.

결국 내게 남은 선택지는 두 가지다. 돌아가거나 그의 검을 수리하고 합당한 대가를 받거나.

'저런 정신 상태에서 제대로 뭔가를 받을 수 있을지 자신은 없다만.'

설마하니 빵 칼 하나 툭 선네주고 '오호호, 수리 좀 부탁하겠네 ♬'라고 말하는 건 아닌가 몰라. 내 전문은 적을 죽이는 살상용 무기지 음식을 써는 식칼류는 아니라고.

침대에 한참을 누워 몸을 뒤척거린다.

제3 마계에서는 낮이 짧다. 고작 4시간도 안 되는 사이에 해가 뜨고 진다. 나머지는 밤이거나 새벽이거나 저녁뿐. 거기다가 내가 있는 인간계와 마계의 시간은 다르다고 했다. 보통 마계의 시간이 인간 세계보다 더 빠르게 흘러간다고 했다.

이를테면 중간계의 하루가 이곳의 일주일 정도라든가.

심할 때는 일 년까지 가 본 적도 있단다.

세계와 세계는 딱 붙어 층층이 연결되어 있는 것처럼 보여도 그 사이에는 '혼돈'이라는 게 차 있다고 한다. 나 같은 평범한 인간이 그렇게 설명한들 뭘 알아 듣겠냐마는, 확실한 건 마왕은 중간계와 마계의 시차를 조절할 수 있다는 것이다.

물론 위아래 깔려 있는 제2 마계나 제4 마계에도 영향을 주기 때문에 심하게 바꾸지는 못하지만, 그래도 넉넉히 머물다 가도 아마 모를 거라고 했다.

일단 리버 말로는 대충 여기서 보내는 하루가 그쪽에서의 2시간이 채 안 되게 조정했다고 한다. 시간이 유동적이라 조금씩 오차가 날 수는 있지만.

그렇다고는 해도 단순 계산해서 1대 12다. 그 말은 여기서의 12일이 거기서는 하루밖에 되지 않는다는 것.

'한 달 보내도 삼 일이네.'

그 정도면 꽤 넉넉하다.

'잠이 안 와. 잠이······.'

지금이 낮인지 밤인지 모르겠다. 4시간 빼고 달이 떠 있으니 더 그렇다. 시계라도 가져올 걸 멍청했다. 마족들이야 밤에 활동하는 놈들이고 인간보다 훨씬 적은 수면을 취해도 잘만 날아다닌다고 하니 이 고충을 모르겠지.

그러다가 문득 아카넬이 떠올랐다. 그때를 생각하니 또 머리가 뜨거워진다.

'안 되겠다.'

결국 이불을 박차고 침대 밖으로 나갔다.

중앙 테라스 전망이 좋다고 하던데, 거기라도 가 볼 생각이다.


테라스에는 달이 내렸다. 커다란 유리문을 열어젖히니 투명한 커튼이 나부낀다. 마계의 공기는 인간계보다 더 거칠고 달콤하다.

난간에 등을 기대고는 그렇게 한참을 정신을 놓는다. 마계에서는 달이 크다. 마치 손에 닿을 것처럼 가까웠다. 이렇게 큰 달을 보고 있자니 어쩐지 무서워졌다.

"어라, 안 자고 있었나 보네."

들려오는 목소리에 테라스 밖을 올려다보니 우리 가시나무의 마왕님께서 지붕 위에 앉아 계셨다. 마왕씩이나 돼서 옥좌에서 '크하하! 미천한 필멸자들!'이라며 비웃지는 못할망정 무슨 살찐 고양이처럼 뒹굴고 있는 걸 보니 기분 참 이상하다.

'차라리 리버는 수상쩍은 카리스마라도 있었지.'

그가 나를 향해 손짓한다.

"올라와. 올라와."

"마왕성 지붕이잖습니까. 그렇게 막 올라가도 돼요?"

"응, 올라와."

"마계에는 암살자 같은 거 없어요? 외부인이 막 올라가면 보안상 위험하잖아요."

"괜찮으니까 올라와 ♬"

그렇게까지 친히 말씀하시니 몸 둘 바를 모르겠다. 이래 보여도 아쉬운 건 내 쪽이고, 엄청난 결심을 하고 마계까지 날아왔는데 소득 없이 돌아갈 수도 없었다. 가능하면 제대로 된 일거리를 받고 싶었다.

나는 그의 손짓을 따라 테라스를 박차고 뛰어 오른다. 그러고는 테라스 지붕을 붙잡고 흡사 철봉 운동이라도 하듯이 몸을 흔들어 진자 운동을 한다.

가장 높이 흔들었다 싶을 즈음 몸을 탁 튕겨 단숨에 위까지 솟구친다.

탁.

"오오오! 고양이 같아."

마왕님은 뭐가 그리 기쁜지 나를 향해 박수를 친다. 달빛을 받은 마왕님의 모습은 평소와는 달랐다. 우선 날개가 달려 있었다.

연분홍빛 머리카락과 허니밀크 같은 피부만 보다가 등에

달린 새카만 날개를 보고 있자니 그제야 정말로 타락 천사구나, 하는 실감이 들었다. 날개의 끝은 타는 것처럼 붉은 빛으로 빛나고 있었다. 아니, 정확하게 말하면 진짜로 조금씩 타고 있었다. 불꽃이 깃털 끝마다 일어났다.

"진짜 불꽃이에요?"

"응. 진짜 불꽃. 정말로 타고 있어."

"아프지 않아요?"

"아프지. 날개는 천사들의 감각 중에 가장 예민한 곳이니까. 순수해야 할 천사가 죄를 지었으니 신벌은 계속해서 집행되어야 하고. 그래서 이렇게 날개는 계속해서 타고 있지만, 나 같은 고위천사는 재생력이 만만치 않으니……."

"타는 만큼 재생하는 건가요?"

"응, 딱 타는 만큼 재생하는 거지♬"

그는 무릎을 끌어안고는 '차라리 다 타 버렸으면 좋으련만.' 하고 꿍얼거렸다. 그게 이 괴상한 마왕님의 그나마 사람 같은 말이었다.

"아픈 건 싫은가요?"

"글쎄. 모르겠어."

"그러면요?"

"이제는 생각해 보기로 했어. 네 부탁이 있었으니까."

윽, 나잇살 먹어서 그러고 살고 싶냐고, 시키는 대로 다

하고 살지 말고 자기가 하고 싶은 게 뭔지 생각 좀 하고 살라고 했던 그 부탁 말하는 건가.

까놓고 말하면 부탁이라기보다는 그 순간 울컥해서 톡 쏘아 버린 것뿐인데.

'아, 쥐구멍에라도 숨고 싶어.'

생각만 해도 얼굴이 시뻘게진다.

그가 멋쩍게 웃었다.

"그냥 기분이 이상하네. 그런 소리 들은 거 처음이거든."

"네에?"

부모님이 안 가르쳐줬냐고 물을까 하다가 관뒀다. 천사의 부모라면 신 아닌가. 그가 말했다.

"우리는 인간과 달라. 인간은 태어난 후에 자신이 무엇을 하며 살아갈지 스스로 정해. 하지만 우리는 태어나기 전부터 무엇을 하며 살아갈지 쓰임새가 미리 정해져서 태어나거든. 삶의 자유를 택할 수 있는 건 오로지 인간뿐이야."

"신기하네요."

"그래?"

"그렇게 들으니 어쩐지 천사님이 인간을 부러워하는 것처럼 들리잖아요."

"하하하, 그런가. 아무튼 내 쓰임새는 천계의 나무를 돌보고 인간의 기도를 이루어주기 위해 존재하는 거였어. 그것에 충실해 왔지. 천계까지 닿을 정도의 기도는 뭐랄까, 굉장히 순수한 바람이어야 해. 순수하게 한 가지만을 바라야만 그 기도가 닿을 수 있어. 보통은 나쁜 목적보다 선한 목적이 많아. 부모가 자식을 순수하게 사랑하기는 쉬워도, 누군가가 생판 타인을 순수하게 증오하기는 쉽지 않거든."

"그래서 그 기도를 모두 들어준 거예요? 다른 대천사님들도 적당히 기도는 걸러들었을 거 아니에요."

그는 턱을 괴었다.

"그래. 하지만 나는 그러진 않았지. 왜 그랬을까, 나는? 하하하하 ♬"

댁이 모르시면 대체 누가 안다는 말이오.

나는 무릎을 껴안고 작게 꿍얼거렸다. 그는 문득 부서질 것처럼 아련한 목소리로 속삭였다.

"너한테도 소중한 사람이 있을까?"

"당연히 있죠. 오빠나 가끔은 밉지만 엄마도 있고, 달빛 모루족 사람들도 있고요. 이번에 친구 먹은 녀석도 있는데 그럭저럭 범주 안에 넣어주기로 하죠."

문득 아카넬과 엘의 뒤통수가 스쳐 지나갔다. 왜 그 인간들이 생각나는 걸까. 그 인간들은 모두 내 적인데.

"내 친우는? 이 시대에서는 리버라고 부르는 모양인데."

"원치 않은 동거인이죠."

많이 도와주긴 했지만 인생을 통째로 저당 잡힌 셈이니까. 역시나 엘과 아카넬이 들어있는 뒤통수's 바구니에 집어넣을 생각이다.

'이 녀석은 날 죽일 뻔한다거나 더 이상 무기를 못 만들게 한다거나 하지는 않았으니⋯⋯.'

그래, 바구니 끄트머리 쪽에 놔줄까. 언제든지 들어올 수 있도록.

"소중한 사람이라는 건 꽤 깐깐한 범위 안이구나."

"아무나 다 집어넣었다가는 감당하기 힘들잖아요. 보통 사람들도 가족이나 스승, 약간의 친구들 정도일걸요."

그나마도 살면서 점점 줄어든다. 가장 먼저 사라지는 게 친구들이고 그 다음이 가족들이고, 마지막에 배우자와 자식 정도가 남는 게 일상인걸. 인간의 팔은 좁으니까. 결국 끌어안을 수 있는 사람이라고 해 봐야 몇 명 되지 않는다.

"나는 그런 게 없었나 봐. 모두 소중했거든. 착한 사람도, 나쁜 사람도, 아이도, 늙은이도♫"

그는 노래를 부르듯이 흥얼거린다.

"모두 공평하게?"

"응, 똑같이."

"그러면 진짜로 소중한 건 아닌 거잖아요. 사람 성격이 그냥 좋은 거지."

그는 지붕에 등을 대고 누웠다. 손목으로 눈가를 가려서 무슨 표정을 짓고 있는지는 알 수 없었다. 그가 속삭였다.

"널 만나고 시간이 느리게 가서 참 힘들다. 리버는 괜찮았는데."

내가 그렇게 따분한 사람이라는 건가. 심통이 나서 뺨을 부풀렸다.

"그러면 일거리나 던져 주고, 다 하면 재료나 좀 떼어 주세요. 빨리 돌아가게."

그가 내 뒷목을 잡더니 강하지만 부드럽게 당긴다. 내 몸이 그를 따라 눕혀진다. 그의 복숭앗빛 머리카락이 달빛에 아련하게 빛났다.

"네가 했던 그 부탁……."

"그, 그게 왜요?"

"……취소하지 마. 절대로."

그는 손등으로 내 뺨을 훑었다. 이런 말 하긴 웃기지만, 그제야 그가 마왕이라는 실감이 들어서 조금 겁이 나긴 했다.

# 5.

이튿날 그는 내게 창을 건넸다. 위아래 모두 칼날이 달려 있는 형태로, 창대는 꼬여 있는 가시나무를 형상화했다.

"선대 마왕이 쓰던 무기야. 내가 쓰던 무기는 천계에 남 아 있으니 이거라도 써야겠지."

양날 창이지만 무게감도 다르고 무엇보다 내가 있던 곳 에서 사용하는 금속이 아니다. 이런 형태의 무기는 처음이 었다.

"날이 많이 상했네요."

"관리를 전혀 안 했으니까. 곧 마왕대전도 있으니 그때 까지 맞춰서 수리하면 쓸 수 있을 거야."

"마왕대전이 뭐죠?"

내 질문에 그가 웃기만 했다.


시녀들은 나를 대장간으로 안내했다. 그러나 이곳의 대 장간은 도무지 내가 쓸 수 있는 형태의 대장간이 아니었다.

"망치와 모루도 없다고요? 냉각수는요?"

"죄송합니다, 레이디. 보통 우리는 마력으로 합니다만."

대장간이라기보다는 마법 공학실이라고 불리기에 적합 하다. 모든 시설들이 일단은 마족 키에 맞춰져서 크고, 죄다 마력을 사용하도록 되어 있다. 즉, 모든 게 마족들이 사용하기 좋은 구조다. 메이드들이 말했다.

"무기라는 게 수리할 수 있는 물건인가요? 보통 다른 마족에게서 빼앗거나 아예 다시 만들지 않나요?"

어이가 없어서 내가 되물었다.

"이건 제3 마계에서 가장 강한 무기 아닌가요?"

"그렇습니다만……."

이걸 날이 좀 상했다고 쓰레기처럼 버린다고? 이만한 무기가 언제 다시 만들어질지 알 수도 없는데?

난감하다. 진짜로 난감하다. 우선은 지식이 필요하다. 이 무기를 사용하는 마족들에 대한 지식. 그리고 이 무기들이 구체적으로 어떤 공정으로 만들어지는지에 관한 지식 모두.

'최악의 상황에는…….'

허탕만 치고 돌아갈 수도 있다.


문명이 있는 모든 지적 생명체들이 그렇듯 이 제3 마계에도 도서관이 있다. 대부분은 마족들이 인간계에 내려왔다가 들고 온 책들이었지만, 드물게도 마족 본인이 책을 써서 지식을 남기기도 했다. 그 경우 마족들이 사용하는 마계 문자가 아니라 고대어나 대륙 공용어를 사용했다.

마계 문자는 문자 그 자체만으로도 힘이 깃들어 있어서 함부로 사용하기에는 위험하기 때문이다.

대륙 공용어의 경우 이제는 없어진 말이나 오래된 사투리만 제외하고는 거진 읽을 수 있었고 고대어의 경우에는 마족 메이드들의 도움을 받았다.

'리버가 없네.'

마계에 와서 첫날 대화를 나눈 후로 리버는 어디론가 가 버렸다.

뭘 하고 다니는지 궁금하지만 뭐, 이게 일인칭 시점의 한계랄까.

'방금 뭔가 제4의 벽을 넘은 것 같은데?'

아무튼 책을 읽어 나가며 마족들의 신체 기관이나 무기 사용법에 대해 알 수 있었다. 어떤 방식으로 검을 만들고 그 검을 사용하는지도 알 수 있었는데, 마족들은 같은 마족을 죽여 그 피를 무기에 흡수해 성장시킨다.

마치 생명체와 같다. 그렇기에 작은 손상 정도는 스스로 복구할 수 있지만, 완전히 제 기능을 못 할 정도로 파손된다면 처음부터 다시 무기를 만들어 키워야 한다.

'엄청 번거롭네.'

내가 의뢰받은 창의 이름도 적혀 있었는데 '멸사의 파천창'이라고 불린다. 전대 마왕의 손에서 몇만 년 동안 망가지지 않고 수천수만 불특정 다수 마족들의 피를 빨아 먹고 살아남은, 그러니까 말 그대로 대륙 파괴 최종 병기다.

날 좀 상했다고 해도 아마 우리 왕국쯤은 이거 한 방에 날아갈 거다.

'물론 마왕급이 돼서 지상에 강림하려면 제약도 많고 대부분의 힘을 봉인당한 상태에서 와야 하지만 말이지.'

그런 걸 보면 중간계가 안 날아가고 버틴 이유는 이런 제약 때문일 거다. 마족이든 천족이든 인간계에 내려오는 것 자체가 까다로울뿐더러 일단 오면 대부분의 힘을 봉인당한다.

개도 자기 동네에서는 먹어 준다고, 수만 년을 산 마왕급을 토벌해야 하는 용사에겐 홈그라운드 보너스가 붙는다. 그러니 승산이 있지. 그런 것도 없이 싸웠다가는 인간 따위 손가락 딱콩으로 다 전멸했겠지.

아니면 일일이 아크 드래곤들이 나서서 마왕과 싸워야 하거나.

'아크 드래곤은 워낙 게을러서 말이지, 인간의 역사에는 간섭을 안 한다나 뭐라나.'

마족 입장에서 마족 이야기, 인간계 이야기를 하는 걸 보고 있자니 신기하다.

아무튼 가장 큰 문제는 따로 있다.

마족들의 무기들은 그 소유주에 맞는 형태로 변해 간다는 거다. 그러나 지금 소유주는 타락 천사이신 평화주의자 키르카 님 아니던가.

이렇게 종족을 뛰어넘어 갑자기 소유주가 바뀌는 경우는 전례가 없다고 한다.

주인에게서 힘을 받지 않으니 자연히 칼날 손상도 회복되지 않고 있다.

키르카의 경우에도 이런 상황이면 아예 새 무기를 맞추든가 해야 할 텐데 그럴 생각도 없어 보이고 말이지.

'무리해서라도 그에게 맞는 형태로 수리를 해야겠어.'

리버는 분명 철의 소리를 듣는 힘이 도움이 될 거라고 했다.

나는 손끝으로 멸사의 파천창인가 멸치의 파자마인가 하는 걸 툭툭 두드려 보았다. 행성 파괴 무기씩이나 되면서 정작 그렇게 섬뜩하거나 대단한 느낌은 들지 않는다. 이대로는 그저 잠든 무기일 뿐이다.

나는 아직도 이 아이가 하는 말이 들리지 않는다. 좀 더 많은 자료가 필요하다.

# 6.

창밖으로 어둠이 진다. 나는 마지막 책장을 덮었다.

나는 아직도 키르카가 주는 케이크를 먹지 않았다. 메이드들이 만들어 주는 간단한 수프나 샌드위치로만 끼니를 때울 뿐이다.

마지막 책까지 덮고 나서 한참이나 그 자리에 앉아 있었다. 방금 흡수한 지식들로 뇌가 더부룩하다. 이걸 전부 처리할 수 있을지는 모르겠지만 내가 가지고 있는 기술들과 어떻게 조합해야 할지는 알 것 같았다.

그때 창밖에서 새카만 까마귀가 날아왔다.

까마귀의 양쪽 눈 색이 서로 달랐기에 곧바로 창문을 열어 주었다.

"리버."

까마귀가 부풀어 오른다. 이윽고 까만 로브를 덮어쓴 소년이 모습을 드러낸다.

"준비는 끝난 것 같네?"

"네. 내일부터 본격적으로 작업에 들어갈 거예요. 그 대신에 음, 이곳의 공방은 사용할 수 없어요."

마족을 위한 공방이다. 인간인 내가 어떻게 할 수 있는 영역이 아니었다. 리버는 고양이처럼 웃었다.

"알아. 거기로 데려가 달라는 거지?"

그 순간 그와 나는 동시에 같은 단어를 내뱉었다.

"별의 공방."

"별의 공방이요."

리버가 손을 뻗어 내 머리를 붙잡아 안았다.

과거 어떤 신수가 마계에 내려온 적이 있었다. 책에 따르면 그 역시 나처럼 철의 소리를 들을 수 있는 존재였다. 그의 이름은 아무도 모른다. 책에도 서술되어 있지 않았다. 아무튼 그는 마족들에게 부탁해 공방을 만들고 그곳에서 무기를 수리했다. 아득하고 오래된 옛날이야기.

단순히 마계의 시간이 중간계보다 빨라서 오래전 이야기라고 하는 건 아닐 거다. 중간계 시간으로도 아주아주 오래전의 이야기일 터.

신수가 사용하는 대장간이라면 보통 인간들이 사용하는 대장간과는 조금 다르겠지. 비록 나는 인간이지만 신수인 달빛 곰족에게 직접 대장 기술을 사사받았다.

그렇다면 나 역시 별의 공방을 이용할 수 있으리라.

"거기는 위험할지도 몰라. 알고 있어?"

책에 따르면 그 별의 공방은 제3 마계와 제2 마계, 그리고 제4 마계가 층층이 겹쳐 맞닿는 곳에 있다고 했다. 사실상 무법지대다. 그러나 안 갈 수도 없는 일.

내가 고개를 끄덕이자 리버가 말했다.

"그리고 만드는 건 내가 도와줄게. 마족이 사용하는 무기에 대한 지식은 책보다 내가 더 잘 알 테니."

그럴 거면 진즉 알려주지. 괜히 그 고생을 했다 싶어 입을 삐죽인다. 리버가 내 마음을 읽고 덧붙여 말했다.

"아무리 나라도 기초부터 다 가르쳐 줄 수는 없어. 어차피 누나도 책으로 개념은 미리 숙지를 해 놔야 했으니까 너무 미워하진 마."

리버는 바닥에 내려앉았다. 문득 리버의 등 뒤에 푸른색 액체가 묻어 있었다. 뭔가 싶어 손가락을 가져다 대려는 순간 리버가 내 손을 강하게 낚아챈다.

"바람이 차다. 누나."

만지지 말라는 명백한 신호다. 물어본다면 대답해 줄까? 아니, 지금 내가 하는 생각 자체를 리버는 읽고 있을 터.

"……."

리버는 나를 안으로 부드럽게 밀고는 창문을 닫았다. 그게 끝이었다. 리버가 작게 주문을 외우자 파란 액체는 공기중으로 증발해 완전히 사라졌다.

"잘 자, 누나. 아침이 되면 깨울게."

고작 4시간밖에 되지 않는 아침 말이지. 뭐, 내가 있던 곳의 시간상으로도 얼추 지금이 잘 시간이 맞긴 하다.

나는 그를 보내고는 다시 침대에 누워 잠을 청했다.

침대에 누워 밖을 보는데 문득 마루에 파란 액체가 한 방울 남아 있는 게 보였다. 리버가 이것만은 미처 증발시키지 못한 모양이다. 뭔지 궁금하긴 했지만 건드리기도 귀찮았다.

나는 그렇게 천천히 눈을 감았다.


# 7.

냄새가 났다. 스킨 냄새였다. 남자들이 바르는 그 특유의 향이 비강을 가득 채웠다. 손가락 사이로 까끌까끌하고 부드러운 감촉이 밀려들어왔다. 아, 캐시미어 코트다. 대공이 즐겨 입는 종류의 것이었다.

"누나, 누나?"

리버의 목소리에 눈을 뜨니 새벽의 향기가 보랏빛으로 번졌다.

'꿈이었구나.'

꿈치고는 생생했다. 몸을 일으켜 슬리퍼를 신다 보니 문득 마룻바닥에 있던 푸른 점이 완전히 사라져 있다는 걸 깨달았다.

'시종들이 닦았나?'

슬쩍 리버를 바라보니 리버는 뭔가 준비하러 밖으로 나갔다. 최근에 느낀 거지만, 리버는 내 마음을 언제나 읽는 것처럼 말해도 실제로는 24시간 다 엿듣지는 않는 것 같다. 생각해 보면 당연한 일이다. 누군가가 내 옆에서 쉬지도 않고 종알거린다고 생각해 보라. 아마 하루도 못 참고 그놈 주둥이를 붙잡아 위아래로 흔들 거다.

'대신 필요할 때면 언제나 읽을 수 있지.'

참 불공평하다. 나는 리버의 마음을 못 읽고 리버는 내 마음을 읽고 있다니.

'이미 운명 공동체까지 된 마당에 공평, 불공평 따지기는 너무 많이 갔지.'

내가 죽으면 리버도 죽는다. 리버가 죽으면 아마 나도 무사하지는 않을 것 같다.

시종들이 들어와 내게 옷을 입힌다. 노동을 할 거라 무조건 편한 옷으로 갈아입어야 한다. 땀 흡수도 잘되어야 할거고, 대장간 특유의 열기를 견디려면 반바지보다는 긴바지가 차라리 낫다. 반바지 입고 용광로에서 일하다 보면 열기만으로 저온 화상을 입곤 하기 때문이다.

내가 선택한 건 짧은 멜빵바지와 무늬가 엷게 나 있는 오버니삭스에 부츠다.

이 동네 옷은 죄다 짧아서 어쩔 수가 없다. 그나마 오버니삭스는 이 근방 마수의 털을 짜서 만들었다는데 부드럽고 질기다. 통풍도 괜찮아서 입고 다니기 딱 좋다.

리버가 노크를 하고 문을 열었다.

"준비됐지?"

이건 분명히 알고 문 연 거다. 왜냐하면 타이밍이 귀신같았거든. 리버는 피크닉 바구니를 흔들었다. 바구니 안에서 녹은 버터랑 갓 구운 햄 냄새가 났다.

리버 뒤에는 예의 그 마왕님이 함께 계신다.

그가 나를 향해 부드럽게 웃었다.

"별의 대장간까지 에스코트하려고요."

무슨 소풍 가는 느낌이다.


정원으로 나오자마자 내가 물었다.

"거기까지는 멀지 않나요? 어떻게 가나요. 공간 이동으로?"

마왕님 대신 리버가 대답했다.

"제3 마계는 이 녀석 거라서 이 녀석이 원하는 대로 얼마든지 공간 이동도 가능하긴 해. 그런데 마왕급 되는 존재가 움직이면 차원에 부담을 주게 돼서 어지간하면 사용하지 않아."

아, 생각해 보니 의지만으로도 제3 마계의 시간을 조종한다고 했던가.

그는 손으로 땅을 짚는다. 그러자 그의 손끝으로 가시넝쿨이 뻗어난다. 마치 시간을 빠르게 돌린 것처럼 넝쿨은 자라고 또 자라서 서로가 서로의 몸을 엮는다. 마침내 그 자리를 차지한 건 가시나무 형태의 거대한 괴수였다.

넝쿨은 스스로 제 주인을 붙들어 위로 올린다. 그 다음 리버를, 마지막으로 나를 붙잡는다. 놀랍게도 가시넝쿨은 내 살이 넝쿨에 닿을 때마다 스스로 가시를 감춘다. 오래된 나무를 만졌을 때의 촉감과 똑같았다. 향기 역시 그랬다.

'이런 나무 밑에서 술을 나누었지.'

내가 있던 고향의 나무가 이랬다. 이곳에서 황혼의 맹세를 하려 했고, 어머니가 뺨을 때렸지.

마치 거대한 동산 위에 올라간 느낌이다. 가시나무 괴수는 팔을 움직여 앞으로 나아갔다. 행동은 느렸지만 몸체가 워낙 크다 보니 쑥쑥 앞으로 잘만 나간다.

'이야, 산 하나를 통째로 타고 가네.'

마왕은 마왕이라는 건가.

그때 키르카엘, 아니 키르카가 뒤를 돌아본다. 그의 머리카락이 한순간 부풀어 올랐다. 리버가 물었다.

"무슨 일이야?"

"방금 누군가가 공간을 찢고 제3 마계에 침입해 들어오려 했어."

"뭐?"

키르카는 잠시 눈을 감았다 이윽고 밝게 대답했다.

"이제 해결됐어 ♬"

마왕도 힘들구나. 차원 고려하랴, 밖에서 들어오는 침입자도 막으랴. 뭐 나 같은 평범한 인간은 그냥 무릎을 끌어안고 고개만 끄덕이는 게 낫겠지. 나는 칼만 고쳐 주면 장땡이라고? 그가 뭔가 생각났다는 듯 깍지를 튕기더니 소풍 바구니 안에서 병 푸딩을 꺼낸다.

"우유 푸딩인데 먹을래?"

그러더니 안에 캐러멜 시럽을 잔뜩 부었다. 그가 다시 그것을 내게 들이댔다.

"엄~청 따뜻하다 ♬"

마치 아이에게 간식을 건네는 할머니 같았다. 그가 주는 음식은 늘 거절해 왔지만 그 포근함에 웃음이 나와 그냥 이번만큼은 받기로 했다. 푸딩은 갓 태어난 병아리처럼 정말로 따뜻했다.

한 스푼 떠서 입 안에 넣는다. 생크림 안에 들어 있는 우유 특유의 담백함이 혀끝에 터져 나온다.

'달아.'

그럼에도 스푼을 놓을 수가 없었다. 그 덩어리를 식도로 삼키는 순간, 바람이 불었다. 이 잿빛 세계에도 바람이 밀려왔다. 가시나무 괴수는 넝쿨을 뻗었다. 그리고 가시나무에서 잎이 자라났다. 연초록 잎사귀가 괴수를 물들이고 마침내 새하얀 꽃이 피어났다.

바람이 한 번 더 밀려온다. 그리고 꽃은 민들레 씨앗이 되었다.

바람을 타고 그 거대한 몸체가 일순간 솟아오른다. 그것은 날개였다. 꽃으로 만들어진 새였다. 가시나무 꽃 새는 바람을 가르고 계속 날아올랐다. 리버가 나른하게 속삭였다.

"센스가 늘었네?"

"숙녀가 탔는데 옛날처럼 다닐 수는 없잖아♬"

옛날의 키르카는 어떤 모습이었을까.

모두에게 추앙받고 순수하기만 한 대천사님이었을까.

키르카는 노래를 흥얼거린다. 아주 오래된 노래, 나는 알아들을 수 없는 언어가 지상으로 뻗어나갔다. 아래로 보이는 대지는 가시나무와 독초투성이였다.

어느 악마 하나가 살아 움직이는 거대 식물에게 으적으적 잡아먹히는 걸 보았다. 식물은 이빨이 있었고, 악마를 먹자마자 그 양분으로 새빨간 꽃을 틔웠다.

그랬다. 이곳은 마계.

인간은 살아나갈 수 없는 곳. 영혼 하나까지 옭아매는 가시의 새장이니까.

"슬슬 해가 뜨겠네."

새벽의 습기가 마침내 아침의 온기로 변해 간다. 흐린 하늘 너머로 빛이 반지처럼 끼어 있다. 리버가 검지를 입술에 가져다대고 웃었다.

"쉿, 소리가 들리지 않아?"

대지에서 소리가 울린다. 마치 팝콘을 튀겼을 때 나는 소리와 비슷했다. 아니, 이스트를 잔뜩 넣은 빵을 구웠을 때 나는 소리와 비슷하기도 했다.

회색 대지가 푸른빛으로 물들었다. 푸른빛은 엄청난 속도로 자라기 시작한다.

땅거미를 내쫓으며 하루에 고작 4시간밖에 되지 않는 빛을 빨아들이기 위해 숲이 자란다.

독초와 가시나무와 식인식물로 가득한 이곳이 자라난다. 4시간의 빛을 위해서.

숲을 따라 바람이 더욱 커져 갔다. 가시나무 새는 깃털 대신 잎사귀를 크게 펼치며 바람을 타고 더욱 빠르게 날아간다.

'아름답다.'

이상했다. 분명 죽음의 대지인데도, 평범한 인간은 3초도 살아남을 수 없는 곳임에도.

마계임에도, 그럼에도 아름다웠다.

만약 갓 벼려낸 칼날을 아름답다 할 수 있다면 이 역시 아름답다 할 수 있으리라.

그런 아름다움이었다.


땅거미가 질 즈음이 되어서 우리는 별의 대장간에 도착할 수 있었다.

신수가 사용했다는 대장간. 예상대로 지붕 위가 뻥 뚫려 있었다. 이런 구조라면 비가 오면 그대로 시설이 망가지겠지만 여기는 중간계가 아니고 제3 마계 아닌가. 비 오는 곳도 마왕이 골라서 내릴 수 있다.

'사기야. 사기.'

그러나 수북하게 쌓인 먼지만은 어떻게 할 수 없는지 먼지가 퇴적층처럼 쌓여 있었다.

"누나, 물러나."

리버가 작게 주문을 외우자 공간을 가르고 푸른색 그림자가 나타났다.

"먼지를 전부 치워."

그림자는 바람이 되어 흩어지더니 모든 먼지를 날려 보냈다.

"정령술?"

"아니, 그런 순수한 존재는 아니야. 그냥 바람의 악마를 소환한 거야."

그렇구나. 나는 고개를 끄덕였다. 이곳의 시설들은 익히 알던 것들이다. 그러나 화로의 형태만은 요즘의 것이 아닌 옛것이었는데, 그건 리버가 도와줄 수 있을 것 같았다. 벽에 걸려 있는 망치 손잡이 가죽이 곱게 닳아 있었다. 분명 소중히 오랫동안 사용한 물건이리라.

'잘 쓸게요. 당신이 왜 이곳에 왔고, 어째서 이런 곳을 지었는지는 모르겠지만 지금은 그저 고맙습니다.'

이제 마지막 질문이 남았다.

"무기는 고칠 수 있어요. 정확히 말한다면 다시 만들다시피 하는 거지만요. 마왕대전이라는 말은 들었지만 잘 모르겠네요. 그 무기를 어디에 쓸 건가요?"

당신은 강하다. 타락 천사이자 마왕이니까. 그렇다고 당신은 전쟁을 좋아하는 것도 아니고 심심하다고 하급 마족들을 죽이고 다니지도 않는다. 물론 인간계를 호시탐탐 노리는 야심가도 아니다.

그렇다면 결국 내가 만든 무기는 먼지만 쌓인 부지깽이

랑 구분도 안 될 거다. 그런 결말이라면 기원이라고 하는 힘도 쓸 수 없다. 내 힘은 상대가 무사하기를, 승리하기를 바라는 마음에서 발현되는 거니까.

그가 말했다.

"빵을 자를 수 있겠죠. 음, 햄도 썰 수 있을 거고 정원 가지치기도 가능할 거고요."

역시나 그 소리냐, 이 생활형 마왕아! 그가 덧붙였다.

"물론 마왕대전에서 활약할 수도 있겠죠."

"마왕대전이 뭐죠?"

내 질문에 리버가 대답했다.

"마계가 층층이 쌓여 있는 건 알고 있지?"

그거야 알고 있다. 무슨 오페라 케이크처럼 1층부터 13층까지 있는 구조 아니던가? 그 위로 인간들이 살고 있는 중간계가 있고 다시 1층부터 7층까지 천계가 있다.

리버가 말했다.

"위로 갈수록 그나마 살 만한 환경이고 아래로 갈수록 세계의 끝인 혼돈과 가까워지지. 마족도 못 살 만한 환경이 되는 거야."

"제3 마계는……."

"독초나 마수가 살고 있긴 해도 하루에 4시간은 태양이 뜨고 기온도 그럭저럭 안정적인 환경이야. 이 자리를 놓고 많은 마왕들이 싸움을 벌이지."

"다른 마왕이 이기면요?"

"그놈의 세계가 위로 떠오르는 거지. 그놈이 제3 마계를 차지하게 돼. 그리고 누나가 밟고 있는 이곳은 그놈이 살던 층까지 떨어지는 거야. 최악의 경우 제12 마계까지 추락하는 거고."

"제13 마계는요?"

리버가 고개를 저었다.

"제13 마계에 대해서는 아무도 몰라. 단지 한 번 거기에 떨어지면 두 번 다시 밖으로 나오지 못한다는 것만 알고 있어. 그곳을 지배하는 마왕이 있는지조차도 밝혀지지 않았으니까."

그러면 1층부터 12층까지 마왕들이 자리다툼을 한다는 거야? 자신의 차원을 걸고?

키르카가 말했다.

"내게 첫 마왕 대전이지. 그래도 가지치기도 되고 햄도 썰 수 있는 무기였으면 좋겠어. 기왕이면 음…… 그래, 빵도 잘 썰고."

"사용할 수 있는 무기의 종류는요?"

"내가 몇 년을 살았다고 생각하는 거야? 어지간한 건 다 사용할 수 있어♬"

그는 기원전부터 있던 존재다. 최초의 인류가 불의 사용을 익혔을 때 그가 있었다. 그 인류가 성장하여 돌에서 청동을 뽑아낼 때도 그가 있었다. 그는 최초로 검을 휘두르는 광경을 봤고, 그리고 그자가 죽는 것도 보았다.

어쩐지 어깨가 어마어마하게 무거워진다.

'무엇보다 가지도 치고 빵도 써는 칼을 원한다는 거지.'

살상도 가능하고.

"그런 칼이 존재할리 없… 아, 누나 깨달은 모양이네?"

리버는 한순간 내 사고의 흐름을 읽어 낸다.

"재미있는 생각이야. 도와줄게."

리버가 속삭였다. 마왕님에게 말했다.

"만들어 줄게요. 대신 조건이 있어요. 그에 적합한 사례가 필요합니다."

"내 피나 이빨을 원해?"

"깃털을 주세요."

내 대답에 그의 눈이 커진다.

"천사에게 있어서 날개는 모든 힘의 정수야. 그 깃털을 받는다는 게 무슨 뜻인지 알고 있어?"

"네. 적어도 피와 뼈를 받는 것보다 엄청난 대가를 원하는 거죠. 그리고 한 가지 더 주세요."

"뭐지?"

나는 리버를 엄지로 가리켰다.

"저 인간에게 마음을 읽히지 않는 방법을 알려주세요."

내 말에 마왕이 눈을 크게 뜨더니 '와하하!' 웃음을 터뜨렸다. 그래도 내게 중요한 문제라고! 매번 매번 이렇게 마음속을 읽힌다는 게 얼마나 불편한지 저 마왕님은 모를 거다.

리버가 뺨을 부풀린다.

"누나, 너무해. 내가 나중에 가르쳐 준다고 했잖아."

응, 그래. 이대로는 내가 할머니가 돼서야 가르쳐 주겠지. 거기다가 네가 내 마음을 읽고 있다면 내가 무슨 기분인지 알고 있겠지?

"그래도 너무해. 이 세상에서 완벽하게 누나를 100% 이해해 줄 사람을 내쫓는 거야. 알고 있어?"

말은 참 달콤한데, 실상은 내가 무슨 생각을 하든 사전검열을 하는 사람이 있는 것과 다름없잖아.

"흐음, 그렇게 생각해?"

봐 봐. 지금도 내 생각을 정확하게 읽고 있는걸.

키르카가 말했다.

"알았어. 도와줄게♬"

계약 성립이다.

"재료를 구해 줄 수 있어요?"

"공주님이 원하시는 대로."

그는 차원의 문을 열었다.

## 8.

손잡이는 따로 분해해서 칼날을 쇳물 속에 넣고 가열한다. 옛 시설이라 풀무의 힘만으로는 온도가 녹는점까지 도달하지 못할 거다. 출발하기 전에 미리 준비해 둔 용해제와 촉매제를 함께 집어넣는다.

"리버, 부탁해. 녹아서 끓을 때까지 가열시켜 줘."

리버가 살짝 입술을 삐죽이다가 결국 화로 앞에 선다. 한편 키르카는 차원의 문을 열어서 마계 보물창고에서 물건을 막 빼온다. 마왕급이 순간이동을 하면 차원에 부담을 주지만, 그냥 물건을 빼오는 것 정도는 괜찮은 모양이다.

'신기하단 말이지.'

팔만 넣어도 원하는 만큼 창고에서 물건을 꺼내올 수 있다니. 나도 저게 있다면 출장도 가능하다. 물론 여자 대장장이를 집까지 불러서 모실 정도의 갸륵한 고객님이 몇이나 있겠느냐마는.

'으, 이게 다 빛의 신 탓이야.'

먼 미래에는 뭔가 달라질까.

그는 바닥에 이런저런 재료들을 쌓아 놓는다. 거대한 마족의 뼈를 집어 들었다.

말이 뼈지 무슨 나무 밑동만큼이나 거대하다. 생전에 대체 얼마나 거대했을지 상상만 해도 끔찍하다. 그 뼈를 붙잡아 결을 손으로 만진다.

강철로도 벨 수 없을 만큼 단단한 뼈지만 특유의 결이 있어 순방향으로 깎는다면 가능하다. 이걸 반으로 갈라 속을 파서 조각하기 시작했다. 몇 시간이고 내가 원하는 무기의 형태가 나올 때까지 계속 조각하고 또 조각한다.

키르카가 재미있다는 듯 턱을 괸다.

"주조?"

"네. 주조로 하려고요. 어차피 마족의 피를 삼킬 때마다 더 강해지는 금속이라면서요? 단조를 할 필요 없을 겁니다."

단조는 망치로 뜨거운 금속을 두드려서 단단하게 만드는 작업이다. 그런데 그러려면 적당히 가열한 상태에서 어느 정도 변형을 일으켜야 단조가 되는데, 저건 녹는 점 자체가 아찔할 정도로 높은 데다 굳는 것도 금세 굳어 버려서 단조에 적합하지 않다.

그럴 바에는 쇳물을 틀에 넣어서 식히는 주조가 맞다.

"아예 처음부터 속을 파서 넣으려고? 실패하면?"

"그러면 끝이죠."

원래라면 처음에는 미리 견본품을 만들고 거기에 석고를 부어서 거푸집을 짜야 맞다. 그 틀에 쇳물을 부어서 주조를 하는 거고. 하지만 석고가 저 열기를 견딜 수 있을 리도 없거니와 내 솜씨라면 밑그림이나 정밀한 계산 없이도 처음부터 시작하는 게 가능하다.

내 입으로 이런 말 하기 쑥스럽지만 톱니바퀴의 신이 현신한 게 아닌가 싶을 정도로 정밀하게 깎고 있다.

거푸집은 쇳물의 압력을 견딜 수 있을 정도로 강해야 할뿐 아니라 거푸집의 공동으로부터 공기와 다른 기체가 빠져나올 수 있을 정도로 통기성이 좋아야 한다. 그렇지 않으면 잘 만들어 놓고 완성품에 공기방울 구멍이 뻥 뚫려 있는 꼴을 볼 수 있다.

저래 봬도 '멸사의 파천창'을 녹인 쇳물이다. 보통 거푸집으로는 무리다. 거기다가 온도가 낮아져 액체가 고체로 변하는 동안의 팽창을 고려해서 원래 크기보다 크게 깎아야 한다.

리버의 말대로 원래라면 밀랍 모형을 만들어서 쇳물이 들어가기 전에 가열시켜서 거푸집 밖으로 배출시키겠지만, 지금은 무리다. 거푸집으로 만들어야 하는 게 '마왕의 뼈'

이기 때문이다.

그랬다. 지금 내가 깎고 있는 건 선대 마왕의 뼈다.

리버가 마왕을 소환해 심장을 잡아 삼키고, 그 육신은 마계로 되돌려 보냈다고 한다.

한 차원을 좌지우지하던 존재의 뼈를 붙잡아 깎고 있는 셈이다. 기분 참 이상하다.

'이분도 극락왕생하시겠지.'

마왕도 죽으면 천국에 갈지 안 갈지 모르겠다만 어디 가든 부디 좋은 곳으로 가셨길. 한참 쇳물을 끓이던 리버가 말했다.

"누나, 마왕은 죽으면 소멸이야. 좋은 데 못 가. 갈 데가 없거든."

그, 그렇구나. 어째 감상이 확 깨네.

리버가 입을 열었다.

"누나, 대충 다 녹은 것 같은데? 끓기도 제법 끓고 있고."

"이쪽도 다 끝났네요."

나는 거푸집에 남은 뼛가루를 털어냈다. 리버가 대답하지 않고 거푸집을 한참을 바라보았다.

"음? 왜요?"

"아니아니, 신기해서. 그렇게 단기간에 저렇게 정밀하게 깎을 수 있구나. 자도 컴퍼스도 없이."

"엄마한테 안 걸리려면 빨리 끝냈어야 했거든요. 미리 거푸집을 만들어야 하는데 재료도 없고 시간도 없는 경우가 많았어요."

"그렇다고 그게 쉽게 돼?"

그런 건 아니다. 이건 어디까지나 피나는 노력으로만 가능했다. 자도 컴퍼스도 기초적인 공구들도 어머니에게 걸리는 족족 빼앗겨야 했다. 처음에는 책장을 뜯어 자 대신 썼다. 책장을 반으로 접으면 가로가 6센티, 세로가 18센티였다. 그걸 가로든 세로든 반으로 접으면 3센티 9센티 자가 된다. 그걸 기반으로 도안을 그려야 했다. 컴퍼스 역시 실과 연필을 이용해 원을 그려야 했고, 그렇게 손톱이 부러지도록 반복해서 하고 나니 어느 사인가 눈짐작만으로 직선이든 원이든 그릴 수 있게 되었다.

엄마도 엄마지만 나도 참 어지간하다.

"해에, 그래서 마법 회로도 쉽게 만들었던 거구나?"

쉽기는 무슨, 아직도 버벅거리겠구만.

"그 정도면 정말 쉽게 만든 거야."

말은 참 잘한다.

일단 나는 특수 접착제를 이용해 거푸집 두 개를 붙이고는 리버에게 부탁했다. 리버는 거푸집에 강화 마법을 걸었다.

"압축 마법도 걸게."

리버가 주문을 외우자 거푸집 자체가 단단하게 서로 붙었다. 접착제로도 버틸 수 있을지 자신이 없었는데 이거라면 절대로 떨어지지 않으리라.

거푸집 입구에 깔때기를 붙이고는 손잡이를 돌려 용광로를 기울인다. 쇳물이 미끄러지며 안으로 쏟아진다. 그 열기만으로도 눈을 뜨기가 어렵다.

안으로, 안으로, 쇳물이 굉음을 일으킨다.

"눈 감아. 누나."

그럴 수는 없다. 여기서 실수했다가는 모든 것을 잃는다. 쇳물을 오래 보면 분명 눈이 멀 수도 있었다. 그러나 그렇다고 눈을 간수하자고 감아 버리면, 나는 무얼 위해 이 눈을 보존해 온 거지?

치지지직—

한순간, 쇳물이 거푸집 밖으로 넘쳐흐르는 게 보였다. 쇳물은 땅까지 녹이며 굳어 간다. 재빨리 핸들을 돌려 막는다.

거푸집 안은 이제 내부 온도만 몇만 도에 필적할 거다.

'리버 덕분이야.'

리버의 마법이 보호해 준 덕분이다. 그 증거로 이 온도 속에서 숨을 쉬는 것만큼은 자유로우니까.

'이제 남은 쇳물은 어디에 쓸지가 문제인데.'

만 명이 넘은 마족의 피를 빨아먹은 무기 아닌가. 한 방울도 허투루 쓰고 싶진 않았다.


# 9.


차가운 수건을 눈에 덮었다. 수건 사이로 보이는 하늘은 어느새 어둠에 가라앉았다.

얼마나 지났을까. 비몽사몽으로 쉬고 있으니 수건 아래로 금빛이 다시 열린다.

이튿날 아침이다. 마치 맥주의 거품처럼 새로운 공기가 밀려드는 게 느껴진다.

리버는 거푸집을 붙잡고 마력을 보낸다. 얼음과 번개의 마력이 내부를 강타한다. 아마 뭔가 마법적인 기법을 넣고 있는 모양이다.

'모르겠다. 마법 무기 쪽은.'

그걸 만들려면 기본적으로 마법에 대한 지식이 함께 있어야 한다. 언젠가는 배울 생각이지만 지금은 내가 알고 있는 것을 전부 소화시키는 것만으로도 힘들다.

수건 사이로 키르카의 발이 보였다.

"다 끝났나요?"

"마무리만 남았네요."

"흐음, 딱 까놓고 말하면 못 만들 줄 알았는데 말이죠♬"

"맞는 말이에요. 빵도 썰고 정원수 가지도 치고 겸사겸사 마족 목도 딸 만한 무기를 만들어 달라니 그게 말이 되는 소리인지 모르겠습니다."

"그런데도 만들었단 말이죠?"

"네."

짧은 대답. 그 이후로 그도 나도 아무 말 없이 침묵을 유지한다. 젖은 수건 아래로 물방울이 흘러내리다가 증발한다. 엄청난 열기.

리버가 거푸집을 만지다가 입을 열었다.

"끝났어. 누나."

"책으로 봤지만 이렇게 빨리 굳을 줄은 몰랐네요."

"내 도움 덕분이지. 내 마법이 없었다면 만드는 것도 불가능했을걸?"

틀린 말은 아니다. 수건을 벗는다. 마법으로 보호했는데도 벌써 위쪽은 물이 다 날아가서 텁텁하다. 가장 날카로운 끝을 집어 든다. 리버가 내게 거푸집을 던진다.

"강화 마법이랑 압축 마법, 모두 해제했어. 온도 마법은 유지 중이고."

과연 차갑다. 리버가 아니었으면 만들 시도조차 못 했겠
지.

거푸집을 단단하게 고정한 후에 끌과 망치로 거푸집 사
이를 두들겨 연다.

탕!

한 번.

탕!

두 번.

타앙!

세 번…….

힘이 아니라 기술로 열어야 한다. 그렇지 않으면 표면이
지저분하게 뭉개진다. 네 번을 두드리기도 전에 거푸집이
절반으로 갈라진다. 그리고 그 안에서 나온 것은 거대한 칼
두 자루였다. 그러나 희한하게도 두 칼 모두 손잡이에 구멍
이 뚫려 있는 데다가 날이 정반대로 나 있다.

키르카가 신기한지 고개를 갸우뚱한다.

'뭐, 됐어. 벌써부터 알려 줄 필요도 없고.'

……모르고 받아야 재미도 있을 거고 말이지. 후후후.

나는 최고급 와이번 가죽 끈으로 손잡이를 마무리하기
시작했다.

얼마나 시간이 지났을까? 땀이 뺨을 타고 턱에 물든다. 손가락에 땀이 멎지가 않는다. 수건으로 손을, 바늘을 닦고는 다시 만든다.

수를 놓는 건 서툴지만 어쩐지 이런 무기에 관해서만큼은 실수해 본 적이 없었다.

이 세상 그 어떤 것도 그냥 만들어지는 법이 없다.

노력이 들어 있고 장인의 혼이 있어야만 무기는 무기로서 숨을 쉰다. 손잡이의 마지막 마무리를 끝내고는 장식에 매듭을 짓는다.

숫돌로 날을 세운다. 원래라면 물레처럼 회전하는 숫돌에 날을 갈곤 하는데, 이번 무기가 워낙 독특해서 이렇게 날을 세우는 수밖에 없다.

마지막 마무리까지 끝내고 나서야 나는 한참이나 내가 만든 이 무기를 바라보았다.

'조금 웃기려나.'

그래도 좋아해 줬으면 좋겠다.

리버가 기지개를 켰다.

"누나, 다 끝났어?"

"응."

상자에 무기를 넣고는 밖으로 나온다. 키르카가 나왔을 때와 똑같은 모습으로 서 있었다.

마왕이란 건 알고 있지만 이럴 때는 인간이 아니라는 걸 실감하곤 한다.

"여기요."

그가 상자를 받아서 열었다.

그 안에 든 것은 가위였다. 어디서나 볼 수 있는 흔한 형태의 가위.

그가 가위를 보더니 한참을 웃었다.

"재미있는 선물이네."

"마력을 넣어 보세요."

그가 마력을 넣자 리버가 걸어 둔 마법이 발동한다. 가위는 원래 크기로 돌아온다. 절대로 한 손에 들어오지 않는 꽤나 거대한 모습이다. 그는 눈치 좋게도 이음새를 발견했다. 이음새를 풀자 가위는 날과 날이 풀리며 칼날로 변한다.

"쌍검인가?"

"네. 붙이면 가위고, 떨어뜨리면 쌍검으로 변합니다. 쥐기는 조금 불편해 보여서 손잡이 형태에 신경 썼어요."

손잡이 끝에는 끈을 매달아 장식을 만들었다. 그를 상징한다는 양귀비다.

그가 검을 들고는 숲을 향해 휘둘렀다.

크가가강!

그저 공기를 갈랐을 뿐인데 굉음이 울리더니 숲의 끝에서 끝까지 잘려 나가기 시작한다.

'우와, 면도칼.'

마치 세계를 사선으로 자른 것 같았다. 내 시야의 끝에서 끝까지 그의 검기가 쓸었다. 초록이 잘려 나가는 것을 보는 건 처음이다.

그가 검날을 내려다보았다.

"아, 이거 의지가 담겨 있어."

그 순간, 그가 잘라낸 곳에서 새로운 싹이 일어나기 시작했다. 잘려 나간 숲은 더욱더 강하게 생명력을 부여했다.

"생명 그 자체를 키우는 힘이 깃들어 있어. 적을 베면 아마 몸이 빠르게 썩어 버릴 거야. 부패도 또 다른 생명의 이름이잖아?"

나쁜 균에게 생명력을 부여한다. 베이면 바로 상처가 썩어 버릴 거다. 회복 마법으로 어떻게 되는 문제가 아니다. 이건 그냥 죽는다고 봐야 할 거다.

"무, 무시무시하네요!"

"그래도 처음 만든 것보다는 못하네. 그때는 의지가 3개나 중첩되어 있다고 했는데."

"제 마음대로 조절이 가능한 문제가 아닌 것 같은데요? 그냥 이 정도에 만족하세요."

솔직히 말해 지난번에 대공 손에 박살 난 칼은 의지고 나발이고 하나도 들어 있지 않았다. 하란다고 되는 것도 아니고, 하고 싶다고 되는 것도 아니다.

바람이 밀려왔다. 그는 머리카락을 뒤로 넘긴다. 그의 칼날이 바람에 부딪쳐 설피 울었다.

마치 술잔이 부딪치는 소리 같았다. 일상의 활력이 되고 생명이 되지만 과하게 먹으면 목숨을 앗아갈 수 있는 그런 소리. 즐거움과 광기가 뒤섞인 소리였다.

'아아, 제대로 만들었구나.'

주인과 꼭 닮은 검이다. 그가 치아를 드러내며 웃었다.

"당돌하네. 그 점이 마음에 들어. 아니, 그래서 인기가 좋은 건가."

"인기요? 없는데요."

이래 봬도 정략결혼 한다고 온 구혼자들이 내 성격 보고 전부 돌아갔지 않았던가. 아카넬 그 인간만 아버지와의 맹약 때문에 함께 있지만, 그치 빼고는 아무도 없다.

영지에서 가장 유망한 노처녀 지망생 아니던가. 아니, 이제 와서 말하지만 평민 기준으로는 이미 혼기를 놓쳤고 귀족 평균 결혼 나이 기준으로는 반쯤 놓쳤다.

이게 다 놓치냐 반만 놓치냐의 차이이지, 이미 노처녀에 한발 내디딘 셈이다.

"⋯⋯."

그가 부드럽게 손을 뻗는다. 피하려고 뒤로 물러나기도
전에 그의 손이 내 뺨에 닿는다. 손길은 따뜻했지만 벗어날
수가 없었다. 그가 속삭였다.

"생각 같아서는 함께 있자고 하고 싶지만 널 기다리는
분이 있으니까."

그가 날개를 펼친다. 불에 그슬린 깃털이 내 손바닥 위로
떨어진다. 세 장의 깃털.

하나하나 어마어마한 힘의 파동이 느껴진다.

반항도 하기 전에 그가 내 입술에 키스했다. 뜨거운 고리
같은 게 그의 혀를 통해 안으로 들어온다. 입 안에 넣는 순
간 심장께가 뜨거워지기 시작했다. 폐가 타는 것만 같았다.
그 열기에 힘이 풀린다.

뱉으려고 했지만 그가 입술로 입을 막는다. 그러나 이게
뭔지 알 수도 없는데 삼키고 싶지도 없었다.

기묘한 열기에 그대로 의식을 잃었다. 의식의 끝, 그가
입술을 떼며 속삭였다.

'선물이야.' 라고.

## 10.

눈을 뜨니 내 방 침대가 보였다. 마계가 아닌 내 집, 내 저택. 내가 쓰러진 사이 리버가 옮겨 놓은 건가. 밖을 보니 새벽 공기가 밀려왔다. 그렇게 오래 머물렀는데 고작 하루 지난 건가.

문득 입 안에 단단한 게 느껴졌다. 뱉어 보니 금색 보석이 툭 떨어졌다. 그가 내게 키스를 하며 건넸던 물건이었다. 뱉을 수는 없었지만 삼키지도 않았다.

문득 그와 입술이 닿았던 때가 떠올라 얼굴이 붉어진다. 손등으로 입가를 쓱쓱 훔쳤다.

'그래. 공공재지, 공공재야. 내 입술은 공공재지. 개나 소나 다……'

아, 미치겠다. 상대는 마왕이다. 모든 악의 근원 같은 존재다. 그 행동에 분명 큰 의미는 없으리라 생각한다.

'아니, 없어야 해.'

의미가 있는 행동이라면 잘라내야 한다. 상대는 마왕이고 내게는 당장 해야 할 일들이 산처럼 쌓여 있다. 도저히 다른 것들을 생각할 시간이 없다.

'장난치신 거겠지. 마족들이 얼마나 아름다웠는데.'

하나같이 어떤 남자라도 능히 유혹할 수 있는 미모를 지녔다. 그런 미인들을 두고 나를 생각할 리 없었다.

　머리는 그렇게 생각하고 있지만 가슴은 전혀 진정되질 않는다. 이대로 심장이 멈췄으면 좋겠다.

　문득 책장 넘기는 소리가 들렸다. 시선을 올려 초 그림자 끝을 바라본다. 그 안, 짙은 어둠 속에서 눈동자가 빛을 반사한다.

　"일어났군."

　"대공……이십니까?"

　"마계에 너무 오래 있느라 벌써 잊어버린 모양이군."

　"마계에 갔다는 걸 어찌 알고 계십니까?"

　내 질문에 그는 책장을 덮는다. 그러고는 내게 다가온다. 길고 새카만 코트가 까마귀의 날개 같았다. 그는 내 앞에 코르크 마개로 막은 투명한 유리병을 내려놓았다. 유리병은 어둠 속에서도 빛났다. 깃털이 세 장 들어 있었다. 불에 그슬린 깃털 세 장.

　기이하게도 불꽃이 여전히 살아 있는데도 깃털은 조금도 줄지 않는다. 누구의 깃털인지 알고 있었기에 나는 그것을 잠자코 받았다. 그가 말했다.

　"그 보석은 가벼운 정신 저항 마법을 걸어 주지. 반지든 목걸이든 만들어 착용한 후 마음의 벽을 쌓는 느낌으로 발동하면 그 애송이에게 속마음을 다 들킬 필요는 없을 거다."

"아, 저……."

"뭐지?"

뭔가 말하고 싶은 게 있었다. 분명히 제대로 말하고 싶었던 게 있었다. 그러나 한 마디도 나오지 않았다. 목 안에 가시가 박힌 것 같았다. 그것은 기침을 해도 나을 수 없는 그런 것이었다.

그가 양손을 내 귀를 막았다. 놀라서 그를 쳐다본다. 귓속으로 그의 손이, 그의 맥박이 가득 찬다. 아니, 어쩌면 이건 내 심장 소리인지도 모르겠다.

"너는 마지막까지……."

그의 입술이 움직였다. 뒷이야기가 들리지 않는다.

시간이 길게 이어진다. 아, 키르카가 왜 나와 함께 있으면 시간이 늦게 지나가서 괴롭다고 했는지 알 것 같았다.

괴롭다. 그가 무슨 말을 하는 건지 듣고 싶은데 그러려면 이 손을 치워야 한다. 나는 그의 목소리가 듣고 싶은 걸까, 그의 손길을 느끼고 싶은 걸까.

그래서 결국 고작 한다는 말이 이거였다.

"네? 이 손 치우고 말해 주세요."

그는 말을 마치고는 입을 다문다. 뭐라고 하는지 도저히 알 수가 없었다. 이윽고 말을 끝낸 그는 내 귀에서 손을 떼었다.

부드럽고 청아한, 조금은 차갑게 느껴지는 그의 향기가
내 뺨을 만진다.

"잘 자라."

그가 문을 닫고 나갔다. 나는 바보같이 그가 예전에 입술
을 맞추었던 그 이마를 쓰다듬었다. 설마하니 다시 해 주길
바라는 걸까, 나는? 나도 나를 모르겠다. 내가 뭘 바라는
건지.

손으로 귀를 쓰는데 문득 진득한 게 묻어났다.

피였다. 대공의 피.

그의 발자국 아래로 핏방울이 뚝뚝 이어졌다.

"자, 잠깐만요!"

당황스러운 마음에 그를 따라 밖으로 나가 봤지만, 그러
나 그 자리에 그는 없었다.

마치 처음부터 없었던 것처럼.


## 11.


그는 대체 무슨 말을 했던 걸까. 왜 내 귀를 막았던 걸
까. 이유는 모르겠지만 적어도 내가 듣지 말았으면 하는 말
이란 건 알겠다. 그럼에도 불구하고 내뱉은 말이란 건 뭘

까. 그럴 거면 차라리 말도 꺼내지 말았으면 좋겠는데.

'거기다 상처까지 입어 놓고는 내가 깨어날 때까지 기다렸던 걸까.'

그의 속이 궁금하다. 생각 같아서는 멱살이라도 붙잡아서 털어 버리고 싶다. 그런데 그게 쉬웠으면 이 고생 안 했겠지.

'거기다가 청안도 보이지 않고.'

청안의 방문을 노크해 봐도 기척이 없다. 자리를 비운 모양이다.

'대체 어떻게 흘러가는 건지, 원.'

결국 주인 모를 보석만이 책상 위에 오도카니 놓여 있다. 나는 이걸 대충 사슬로 엮어서 팔찌로 만들었다.

'좋아, 이걸 낀 상태로 마음의 벽을 치면 된다고 했지? 대충 정신을 바짝 차리라는 말 정도로 알아들으면 되나?'

그 순간 실이 툭 끊어지는 소리가 들렸다. 그와 동시에 창문이 벌컥 열린다.

"누나, 누나!"

리버다. 리버가 거의 구르다시피 뛰어 들어온다.

"괘, 괜찮습니까?"

"갑자기 정신 연결이 끊기니까 혹시 죽은 줄 알았잖아!"

"제가 왜 죽어요?!"

리버가 보석을 바라보더니 입술을 삐죽였다.

"아, 아아아! 그거구나, 키르카가 갖다 준 거. 진짜로 누나 마음이 안 읽히네."

리버가 몸을 일으킨다. 평소와는 다른 옷차림이다. 새카만 털 코트에 가죽 바지. 상의는 아무것도 입지 않았다. 그 대신 붕대를 어깨부터 가슴까지 묶었다. 붕대에는 새카만 얼룩이 새어 나오고 있었다.

"그, 그 상처 뭡니까?"

"됐어. 신경 쓰지 마. 누나에게 영향 안 가도록 했으니까."

그렇게 말하고는 도로 창문 밖으로 뛰쳐나간다. 대공도 상처를 입었던데 리버도 다친 모양이다. 대체 내가 탈진한 사이에 무슨 일이 있었냐고! 말 좀 해 봐, 이 사내놈들아!

절로 답답해져서 가슴을 탕탕 친다. 물도 없이 고구마 하나를 다 삼키면 이런 기분일까?

'아, 몰라. 됐어.'

나는 이불을 뒤집어쓰고는 도로 잠이 들었다.


# 12.

이튿날 아침이 되어서야 청안을 만날 수 있었다. 청안의 팔이 부러져 있었다.

"죄송합니다. 아가씨."

청안의 말에 따르면 대공이 간밤에 찾아와서 내가 어디에 있는지 물었다고 한다. 사정을 몰랐던 청안은 그저 어디마실 가셨을 거라고만 대답했고, 대공은 그길로 어딘가로 사라졌다고 했다. 돌아왔을 때는 본인도 상처를 입은 상태였고, 의식을 잃은 나를 안고 있었다고 했다. 청안이 나를 받아서 눕히고 밖으로 나오니 리버와 대공이 죽어라고 싸우고 있었다고.

앞마당은커녕 이 일대 도시까지도 영향이 미칠 판이라 청안은 몸을 던져 막았고 그 결과 중상을 입었다.

그때 공간을 가르고 나타난 게 분홍색 머리칼의 미청년이라고 했다. 그 청년은 기이하게도 허공에 반쯤 떠서 리버와 대공의 일격을 정면으로 받아냈는데 상처 하나 없었단다.

그는 두 사람에게 뭔가 이야기를 건넸다. 중상을 입은 청안은 세 사람의 이야기 내용은 들을 수가 없었지만 그래도 대공의 얼굴이 조금이나마 누그러졌다고 한다. 그렇게 싸움을 말리고는 그는 다시 사라졌다.

"아마 공간 이동 마법의 한 종류 같았습니다만…… 어떤 마법인지, 그 청년이 누구인지도 짐작이 가지 않았습니다."

그 후에 대공은 내가 깨어날 때까지 곁에서 자리를 지켰고, 청안은 사람을 시켜 신전 치료사에 몸을 맡겼다. 신전 치료도 만능은 아닌지라 회복력을 끌어내서 급한 내상을 우선 치료했단다.

"신수는 금방 나으니까요. 지금부터는 희석한 포션만 마셔도 되는걸요."

"그래도 일주일은 정양하는 게 좋을 것 같아."

"아닙니다, 아가씨! 그러면 살림은 누가 하고요."

"안 돼. 일주일! 꼭 쉬어야 해."

"하루만 쉬겠습니다."

나는 그런 청안을 끌어안았다. 청안은 구태여 고집을 부린다.

"하루입니다!"

"닷새."

"삼 일 쉬겠습니다. 더는 양보 못 합니다. 어차피 신수는 인간보다 금방 낫는다고요."

"나흘."

내 고집에 결국 청안도 한수 접어줘야 했다.

"알겠습니다. 나흘, 나흘로 하겠습니다."


나는 그렇게 청안을 침대에 누이고는 밖으로 나왔다. 마왕의 깃털을 어디다 써야 할지는 아직은 잘 모르겠지만 이번 일로 깨달은 게 하나 있다.

나는 아직 부족하다는 것. 사실 재료만 있으면 드래곤 슬레이어 정도는 얼마든지 만들 수 있으리라 생각했다. 그러나 부족했다. 아직 너무나도 많이 미숙했다. 모르는 것도 많았고 자만했던 것도 많았다.

'하나하나 깨쳐 나가야 해.'

부족한 내가 싫다. 그럼에도 앞으로 어떤 성장을 할 수 있을지 기대도 된다. 내가 봐도 이중적이다. 그래도 궁금했다. 내 실력이, 내 새로운 검이 어떤 모습을 하게 될지.

바깥 공기를 한껏 들이켜며 기지개를 켜는데 문득 담장에 은발의 남자가 서 있었다.

"오랜만이네요. 카이 양."

오랜만은 무슨, 마계 시간이 얼마나 빨리 지나갔는데. 현실에서는 하루도 안 걸렸다. 엘이 말했다.

"저런 곱상한 얼굴을 하고 야밤에 잘도 닭 모가지를 비틀었군요. 역시 카이 양은 신세기 발랑 까진 레이디라니까요. 크흐흐흐!"

그 말에 귀까지 화끈하게 달아오른다.

"다… 닭 모가지는 무슨! 대체 어떻게 안 거예요?"

그는 검지를 들더니 입술에 가져간다. 마치 바람에 흔들리는 갈대처럼 몸을 살랑살랑 흔들었다.

"신전에 고발하면 카이 양은 장작과 함께 캠프파이어를 하겠군요."

말할 거냐! 말할 거야! 졸지에 마녀재판이냐?!

그를 향해 주먹을 붕붕 휘둘러 보지만 대체 어디서 그런 민첩성이 나오는지 고양이처럼 잘도 피해 간다. 어느 순간 그의 눈빛이 진지하게 변해 간다. 그러고는 그의 큰 손이 내 머리를 붙잡는다.

"그래도 다음번에는 이 도시에서 마계의 문은 열지 말아 주세요, 카이 양. 제 입장이란 것도 있으니까요."

"네?"

"그러면……."

엘은 거기까지 말하고는 훌쩍 담장 밖으로 도로 뛰어나 갔다. 문득 보니 엘의 손에는 붕대가 감겨 있었다. 대체 저 인간은 또 어디서 상처를 입은 걸까.

그가 말했다.

"아, 참. 그 마왕님 엄청 큐트하더라고요."

"만난 겁니까!? 이미 만난 거예요! 아니 그 전에, 싸운 거죠, 그 상처? 왜?!"

내 질문에 그가 손가락을 흔들었다.

"여자는 여자의 비밀이 있듯이 남자는 남자의 비밀이 있

는 법이랍니다, 카이 양. 특히 자기 여자가 걸린 일에는 말
이죠."

"혹시 그게 저를 말하는 것이라면 저는 대공 씨와 약혼
과 파혼, 그 사이 어디쯤에서 무간 지옥을 달리고 있는 몸
입니다만."

그는 대답하지 않은 채 단숨에 멀어졌다.

좋은 공기 받자고 밖으로 나왔지만 피로가 밀려온다.

그래. 알파남(男)들이지. 하나같이……

아마 이 남자들이 사람이 아니라 개나 늑대 같은 종류였
다면 분명히 다들 하나씩 대규모 무리의 리더로 살고 있었
으리라. 서로 만나면 서열 1위를 차지할 때까지 죽어라고
처싸우겠지. 보통 개나 늑대들이 리더 싸움할 때 그러듯이.

'다들 잘나셔서 아주 사람 말을 쥐뿔도 안 들어 처먹어요.'

아, 몰라. 됐어. 이 남자들 속을 내가 어떻게 알아.

돌아가서 청안에게 줄 스튜나 끓여야겠다.

Chapter 2
첫 번째 깃털

## 1.

3월의 봄, 일교차 큼. 하늘은 높고도 맑다.

"귀찮아, 징그럽게 귀찮아앗!"

나는 마차 안에서 옷을 갈아입는다. 그 이름도 유명한 소호 기사단 사관학교의 제복이다. 금녀의 구역으로 유명한 이 사관학교에 여자인 이 몸이 잠입하게 생겼다. 정확히 말하면 사관생도로서가 아닌 시종으로서의 잠입이다. 높으신 자제님들이 지 손으로 옷 입고 옷 빨고 옷 다리고 할 리가 없거든. 다 아랫것들 부려먹지.

하얀 면바지를 걷어 올리며 나는 지난날의 억울함을 떠올려보았다.


'호호호, 미안해. 하지만 카이 양이 아니면 안 된다고 했거든.'

그날도 레이디 아리네스는 번쩍번쩍한 코팅 매니큐어를 아침햇살에 한껏 반사하고 있었다. 이번에는 네일 아트 장인이라도 바꿨는지 붉은 바탕에 자목련이 수놓아져 있다. 연분홍 꽃잎 잎맥 하나하나까지 그려 놨는데, 이쯤 되면 네일 아트가 아니라 움직이는 걸작이라고 해도 과언이 아니다.

그녀는 자목련 손톱으로 내 턱을 긁었더랬다.

'사람을 찾아서 검을 건네주면 돼. 그러면 아마 물건을 교환해 줄 텐데, 그걸 받아서 내게 건네면 끝나는 일이야. 간단하지?'

'그런 것쯤은 아랫사람이 해도 되지 않습니까.'

'아아, 나도 그러고는 싶은데 최고의 장인이 아니면 안 된다고 했거든. 내가 아는 한 최고의 장인은 너밖에 없으니 어쩔 수 없지.'

그래. 솔직하게 고백하겠다. 나란 계집은 '최고의 장인'이라든가, '네가 만든 검이 아니면 안 돼!' 같은 말에 홀딱 넘어갔던 거다. 그도 그럴 게 평생 살면서 칭찬을 들은 날이 골초가 성냥 안 들고 다니는 날만큼이나 희귀했으니까.

하지만 내가 그렇게까지 할 필요가 있을까?

내가 망설이자 그녀가 답했다.

'얼마 더 필요해? 이 정도?'

그러고는 금화를 한 주머니 더 내려놓는 게 아닌가!

'그런 문제라면 어쩔 수 없죠. 맡겨만 주세요!'


가슴을 탕탕 치는 나를 보며 아리네스는 뭔 생각을 했을까. 하지만 어쩔 수 없다. 하하하, 돈이잖아. 하하하! 돈!

'가슴은 대충 감으면 되고. 문제는 얼굴인가.'

아리네스에게 마법이 걸린 목걸이를 받았는데, 환영 마법이 걸려 있어서 이걸 걸면 남자로 보인다고 했다.

'충격만 조심하면 된다고 했지?'

막말로 누가 내 얼굴에 펀치라도 날리지 않는 한은 마법이 유지된다고 했다.

마지막으로 남은 건 이 긴 머리카락. 이것만 자르면 끝난다.

'머리카락 자라는 약은 확실히 챙겨 준다고 했지?'

아깝다, 아까워. 아깝지만 뭐, 다시 기르면 되겠지. 나는

그대로 머리카락을 잘라 냈다. 긴 머리칼이 단숨에 사라지
니 목 아래가 무척이나 개운하다.

'그런데 정말로 이거 믿을 만한가?'

머리까지 다 잘라 버리고는 목걸이를 목에 감았다. 거울
을 보니 우리 오빠와 꼭 닮은 소년이 나를 향해 어색하게
웃고 있었다.

'우린 쌍둥이니까 당연한 건가. 아하하.'

"아, 아, 아."

목소리도 남자 목소리로 변환되어 나온다. 신기하다. 마
법이란 건 이런 것도 할 수 있구나.

'생각보다 쉽네.'

이대로 사관학교에 가서 검만 전해 주면 오면 끝날 일이
리라.


## 2.


…라고 생각한 과거의 나를 때려 주고 싶다. 마차에서 내
리자마자 보인 건 어지간한 마을 정도 규모의 거대한 사관
학교였다. 기숙사만 해도 5채가 넘었고, 건물은 10동이 넘
는다.

'여기서 사람을 찾아서 칼을 전해 주라고?'

이제 와 거절하기에는 이미 선금을 받아 버렸다. 으으윽.
어쩔 수 없지만 새 시대의 노동자로서 그냥 강행 돌파 하는
수밖에.

소호 기사 사관학교는 다음과 같은 곳이다.


1) 시험만 통과한다면 자국민뿐 아니라 타국의
기사 지망생들도 입학할 수 있다.

2) 졸업하게 되면 적호나 백호 기사단 같은 왕
립 산하의 기사단에서 스카우트가 온다.

3) 가끔 사연 있는 타국 귀족이라든가 쿠데타
당한 왕족이 도피처로 이용하곤 한다.

4) 입학 자격만 주어진다면 평민도 입학 가능
하다.

5) 인구밀도 99.99999……%가 남성인 금녀 구
역.


여기에 한 가지 더 덧붙이자면,


6) 등록금이 어마무지하게 비싸다.

정도겠다. 그야말로 전 대륙에서 손꼽히는 기사 사관학교가 바로 여기다.

아리네스의 말로는 옛날에는 여자가 침입하면 붙잡아서 목을 베었다고 하는데, 이제는 그 정도는 아니라고 한다. 아마 죽지 않을 정도로 곤장을 치지 않을까. 그리고 내 이름이 사교계에 널리널리 알려지겠지.

'아아, 싫다.'

입구 앞에서는 경비원이 내게 손을 내밀었다. 당연히 남자라고 생각한 모양이다. 미리 아리네스에게 받아둔 통행증을 내밀고는 안으로 들어갔다. 그 안에 보인 것은 푸르른 신록과 재기 넘치는 청년들의 뜨거운 토론……은 개뿔이. 웃통 벗은 근육질 사내들이 공을 차고 있었다.

아슬아슬하게 고개를 젖혀 공을 피한다.

빠악!

조금만 늦었어도 공을 얼굴로 받을 뻔했다.

"어이! 너! 공 던지라고!"

내가 입고 있는 게 하인복이라서 그런지 초면부터 하대한다. 나는 일단 공을 집어 들고는 정중히 물었다.

"혹시 라우 에버그린 님이 어디에 있는지 아십니까?"

내 질문에 어쩌 다들 표정이 좋지 않다.

"너 그 자식과 어떤 관계냐?"

"아, 그…… 심부름을 온 시종입니다."

내 대답에 어쩐지 다들 배를 붙잡고 웃었다. 대체 뭐가 웃긴 걸까? 여기만의 문화인 걸까? 그렇게 한참을 고민하고 있는데 그가 엄지로 뒤를 가리켰다.

"그놈이라면 기숙사 화장실에 있을 거야. 가 봐."

기숙사를 향해 가던 중에 치명적인 오류를 깨달았다. 이 사람들은 화장실이라고만 했지, 어느 화장실이라고는 말을 하지는 않았다.

'아, 실수.'

지나가는 사람 붙잡고 또 물어봐야 하나 고민하던 찰나에 2층에서 고함이 들렸다. 그것도 딱 화장실이었다. 생각보다 인기인이었나 보다. 라우 에버그린 씨.

계단까지 갈 것 없이 나무 위로 단숨에 점프, 가지의 탄력을 이용해 2층 창문으로 뛰어올랐다. 거기 도착하자마자 깨달았다. 남자 화장실과 여자 화장실은 구조가 달랐던 거다.

'우왓!'

다행히 볼일 보는 사람이 없었기에 망정이지, 까딱했다가는 2층에서 도로 떨어질 뻔했다. 근데 볼일 볼 것도 없었다. 여러 명의 소년들이 작고 마른 한 소년을 주먹으로 두들겨 패고 있었다.

"그래서 라우, 돈이 없다고?"

정확히 말하면 때린다기보다는 조롱한다는 표현에 가까우리라. 라우, 그래 내가 찾고 있는 그 소년을 두고 놈들은 침을 뱉고 발로 구타했다. 소년은 반항의 의지도 없는지 때리면 때리는 대로 두들겨 맞고 모욕하면 모욕하는 대로 받고 있었다. 마치 죽은 사람처럼 눈동자에 빛이 하나도 없었다.

이대로는 두고 볼 수가 없어 창문 밖에서 안으로 뛰어 들어갔다.

"자, 잠깐만요!"

"누구야!"

내 시종복을 보자마자 주먹을 날린다. 와, 성격도 급하다. 문제는 시종 신분으로 높으신 도련님을 쳤다가는 분명히 일이 터진다는 거다. 나는 쓰러지는 척 뒤로 넘어지면서 덩치의 팔을 붙잡아 유권을 이용해 돌려 꺾는다. 180센티미터, 몸무게 100킬로그램에 육박하는 거구가 갈대처럼 넘어간다.

쿠웅!

그래도 부러지는 데 없게 힘 조절 했다. 겉으로 봐서는 놈이 내 몸에 닿는가 싶더니 무게 중심을 잃어서 지 혼자 넘어진 걸로 보일 거다.

분노한 10대의 호르몬이 소리쳤다.

"뭐해? 저 시종 놈 안 패고!"

"아이, 참. 전 잠깐 볼일만 보러 온 거라니까요."

그래. 머리에 이성이 남아 있는 놈이었으면 애 하나 붙잡고 린치를 가하지는 않았겠지. 나도 멀었구나, 멀었어.

이런 생각을 하며 날아오는 주먹을 피하고, 해프닝인 척넘어지며 발을 걸어서 적당히 바닥에 쓰러뜨리고, 다시 피해서 벽에 주먹질시켰다. 그래도 부잣집 도련님이고 일 크게 만들고 싶지는 않은지라 밥숟갈은 들게 해 줄 생각이다. 적당히 손만 봐줘야겠다.

우득!

"아, 쫌! 대체 왜 이러십니까. 이럴 시간 있으면 공부나 하십시오."

빠악!

"싸움은 대등한 사람들끼리 하라고 있는 겁니다. 약자를 괴롭히라고 있는 게 아니라고요."

뚜쉬뚜쉬!

"제가 연약한 시종이지만 모름지기 무인이란 강자에게 강하고 약자에게 약한 법입니다. 반대로 행하는 것은 기사도에 어긋나는……."

뿌쉬뿌쉬!

추풍낙엽이다. 실전 경험도 없는 어린 사관생도들쯤 맨

주먹으로 백날 싸워 봐야 의미가 없다. 얼굴에 충격이고 나발이고, 압도적인 힘의 차이 앞에서는 걱정거리도 안 된다.

양이 몇십 마리가 뭉쳐도 사자 앞에서는 그냥 먹이일 뿐. 무엇보다 실전 경험도 없는 주먹에는 가벼운 허초조차 들어 있지가 않았다.

결국 놈들은 눈물마저 보이며 '대체 오늘따라 다들 왜 이러는 거야? 빌어먹을 두고 보자~!' 같은 전형적인 악당의 대사나 내뱉으며 도망칠 수밖에 없었다.

'후후후, 역시 난 강했어.'

그동안 인간도 아닌 놈들 사이에 껴 있느라 내 자신이 먼지만도 못하게 느껴졌더랬다. 이런 식으로 나쁜 학우 선도도 하고 이놈들을 통해 내 자존감도 고양시켰으니 그것만큼 좋은 일이 어디 있겠나.

그래, 내가 좀 강하지!

놈들이 완전히 멀어질 때까지 기다렸다가 나는 방금 전까지 괴롭힘당했던 내 의뢰인에게 손을 내밀었다.

"괜찮으십니까?"

그가 고개를 올린다. 체구는 작았지만 상당한 미소년이었다. 그것도 지적인 학자풍의 미소년.

검보다는 하프가 어울릴 것 같은 외모였다.

'와, 세상에. 사람이 이렇게 예쁠 수가.'

조상 중에 엘프라도 섞여 있나?

그 순간, 짝 하고 눈앞에 별이 번쩍했다. 뺨이 화끈하다. 세면대에 비친 얼굴을 보니 여전히 남자의 외형이다. 다행히 손바닥으로 뺨을 때린 정도로는 마법이 풀리지 않는 모양이다.

"멍청한 놈, 대체 왜 도와줬어?"

"네?"

내가 듣고도 방금 들은 게 맞는 말인지 한참이나 고민했다. 소년은 발음을 알아듣기 힘들 정도로 낮게 웅얼거렸다.

"다음에는 더 괴롭힐 거 아니야. 어쩔 거냐고!"

목소리가 습기에 꾸덕거렸다. 소년은 몇 번 더 웅얼거리더니 결국 왈칵 울음을 터뜨렸다.

이런 경우는 생각하지 못한 터라 일단 다시 소년을 일으켜 주려 했다.

소년은 내 손을 쳐 냈다.

"책임져. 책임져!"

"아니, 구해 준 사람보고 보따리 내놓으라 하시면 뭐 어떻게 대답해야 할지 모르겠습니다. 그러면 다 두들겨 맞을 때까지 기다리라는 겁니까?"

"그건 안 돼. 내가 맞는 걸 보고만 있을 거야? 나쁜 놈이네."

어쩌라고요. 병신아.


## 3.

라우 에버그린.

주술사로 유명한 에버그린 가문의 후손이다. 그 미모로
도 알 수 있듯이 선조가 하이 엘프라고 한다.

그래서 그런지 에버그린 사람들은 대대로 나무나 풀, 동
물이나 정령을 불러서 기적을 일으키곤 했다. 그러나 그것
도 4대 전까지의 일이다. 하이 엘프의 피가 묽어져서인 건
지 어느 순간부터 태어나는 자손들 중 누구도 자연의 소리
를 듣거나 정령을 볼 수도 없었다.

명맥이 끊기니 자연스럽게 가문은 쇠퇴하고 그동안 모아
놓았던 돈으로 부랴부랴 다른 사업을 했지만 그리 신통치
않았다. 가지고 있는 영지의 70% 이상이 밭으로 쓸 수 없
는 산지고, 그렇다고 높은 작위를 받은 것도 아니다.

아주 천천히, 천천히 몰락해 가는 와중이다.

결국 주술사로서의 노선을 과감히 버리고 하나뿐인 아들
을 기사 사관학교에 입학시켰지만 보아하니 결국 여기서도
신통치 않은 건지 두들겨 맞고나 있고, 성적은 최하위권.

이대로는 졸업도 물 건너갔거니와 그 어떤 기사단에서도 라우를 데려가려는 이가 없을 거다.

'나라도 안 데려가지. 쯧쯧쯧……'

기숙사 제도가 나쁜 게, 차라리 통학을 하면 사람이 집에서라도 쉴 수 있는 기회가 생긴다. 쉬면서 정신도 회복하고 가족이나 주변에 도움이라도 요청할 수 있다. 그러나 여기에서는 철저하게 외톨이다. 같은 파벌은커녕 룸메이트도 괴롭혔을 거다.

유년기부터 그걸 몇 년을 반복해 오니 성격도 뒤틀릴 대로 뒤틀려 버려서 누가 피해자고 누가 악당인지 모를 정도가 되었다.

'사람이라는 게 선악을 나누기가 어렵긴 하지.'

그나마 불행인지 다행인지 이번 학년에는 이 소년과 같은 방을 쓰려는 사람이 없어서 혼자서 방을 사용하게 되었단다.

"보통 시종은 옆방에 대기하고 있다가 종을 울리면 바로 달려와."

"라우 님의 시종은 어디 있죠?"

그가 음울하게 대답했다.

"없어. 다들 몇 주 버티지 못하고 부상을 당해서 본가로 돌아갔어."

하긴, 본인도 이렇게 괴롭히는데 신분이 낮은 하인은 어떻게 대할지 뻔했다. 그때도 내 얼굴을 보자마자 주먹을 날리지 않았던가.

나야 뭐, 쫌! 강하니까! 그런 놈들 티 안 나게 찜 쪄 먹을 수 있지만 보통이라면 다르다. 하인은 절대 도련님들을 때릴 수 없다. 그렇다면 결국 맞는 수밖에 없다.

여기서 맞는다는 건 단순히 주먹질을 하는 게 아니라 어딘가를 부러뜨리거나 아마 그 이상의 유사 고문 같은 행위를 하는 것도 들어 있을 것이다.

"부모님은 내가 노력이 부족해서 그렇다고 해. 노력하면 뭐든 극복할 수 있는데 그걸 하지 않는다고. 내가 태만한 거라고. 그래서 이제는 시종도 보내지 않더라. 내 썩어 빠진 근성을 고쳐야 한대."

한숨만 나온다. 노력으로 뭐든지 다 된다고 믿는 걸까. 그놈의 근성 고치다가 자식이 죽게 생겼다는 걸 그 부모는 알까.

"그래서 가보인 신록의 서를 거래로 내놓은 건가요?"

'신록의 서'는 초대 가주이자 하이 엘프인 무라시아 에버그린이 후세에게 지식을 전하기 위해 남긴 책이다. 단순히 주술사로서의 지식뿐만 아니라 가문 안에서만 은밀히 전해 오는 비전도 들어 있으리라.

"응, 이제 이 책은 우리한테는 그냥 휴지 조각이 되었으니까."

"혼자서 정할 문제는 아닌 거 같은데요. 다른 가족분들은 알고 계십니까?"

"네가 무슨 상관이야? 그래 봤자 아리네스의 개 주제에."

이야, 아주 그냥 독설이 입에 붙었네. 그럴 거면 괴롭히는 그놈들에게나 내뱉지 왜 애꿎은 날 가지고 그러는지.

나는 속으로 투덜거리며 준비해 온 검을 내려놓았다. 내가 만든 것 중 최고의 명작은 아니지만 그래도 한 손가락 안에 꼽히는 성능이다.

"여기 드릴 테니까 책 주세요. 돌아가게요."

일이나 빨리 끝내고 집에서 쉬어야지. 저 망할 꼬맹이 같으니라고. 그 꼬맹이가 말했다.

"내가 이 칼을 든다고 해도 어차피 상황은 나아지지 않을 거잖아."

그래, 상황은 나아지지 않아. 제아무리 명도라고 해도 어차피 검은 도구일 뿐이다. 그만한 기량이 갖춰지지 않는 한 검은 그저 한낱 날 달린 막대일 뿐.

"그게 거래 조건 아닙니까?"

"아니야. 내가 원하는 건 검과 함께 나를 가르쳐 줄 선생이었어."

"최고의 대장장이를 원했다면서요?"

내 말에 소년의 목이 갸우뚱한다.

"무슨 소리야. 최고의 검과 내 성격 받아줄 수 있는 최고의 검사를 원한다고 했지. 기왕이면 맨손 무술에도 강하고. 아리네스가 그거라면 딱 맞는 적격자가 있다고 했는걸."

속았다. 속았다! 무슨 놈의 최고의 대장장이냐! 그냥 개인 교습해 줄 무술 교사를 원한다는 것뿐이었잖아!

'아, 미치겠다. 이미 선금은 받아 버렸는데.'

거기다가 소유주에 맞게 검신 길이까지 맞춰서 제작한 터라 환불도 안 된다. 이건 합금이라 녹여 봐야 고철값도 안 나온다고.

"아리네스 말로는 나처럼 타고나길 약하지만 극복해 낸 사람이 있다고 했어."

"그 여자, 말이라고 잘도⋯⋯!"

화가 목까지 올라가다가 도로 내려간다. 어쩐지, 그러면 그렇지. 유달리 의뢰비를 후하게 주더라. 연구소에서도 저 책이 필요할 테니 좋다고 꼬여 냈을 거다. 소년은 내 눈치를 본다.

"뭐야! 돌아갈 거야? 책 안 준다!"

"쯧."

될 대로 되라지. 아예 소년의 의자에 허락도 없이 다리를 꼬고 앉자 소년이 나를 향해 빽 소리 지른다.

"어딜 시종 주제에 건방지게."

그 말에 나는 들고 있던 통행증을 집어 던진다. 마력이 담긴 영수증이 소년의 뺨을 긁고 벽에 박힌다. 새빨간 선혈이 뺨에 번지자 소년의 눈이 공포에 젖는다.

익숙한 거다. 약자가 받는 폭력에.

저항을 하고 싶다거나, 내 존엄을 찾고 싶다거나 하는 감정 따위는 이미 마비된 지 오래다.

그 증거로 소년은 나를 향해 한 마디도 더 하지 못하고 주먹만 쥔다.

"이 이상은 제가 손해네요. 그만 가겠습니다."

계약은 파기다. 선금이고 뭐고 이제는 됐다. 아리네스가 잘못한 거니까.

내가 나가려고 하니 소년이 소리 질렀다.

"돈, 돈이 필요해? 아니면 인맥? 우리 가문은 정령사였기 때문에 아직도 대륙에 인맥이 많아! 대장장이라면 필요한 거 아니야?"

필요하기야 하다. 내가 아리네스나 엘과 인연을 못 끊은 것도 인맥이 없기 때문이니까.

소년은 나를 붙잡았다.

"제발…! 뭐든 할 테니까…!"

달빛에 소년의 얼굴이 빛났다. 참 예쁘고 곱다. 아름다운 걸 만드는 사람치고 얼굴 안 밝히는 사람이 없다. 그도 그럴 게, 미의식으로 밥 벌어 먹고 사는데 그 미의식이 사람 얼굴에 발동하지 않을 리가 없지 않나.

'쯧, 찌푸리면 안 예쁜데.'

"미간을 펴 봐요."

"뭐?"

녀석은 억지로 찌푸린 얼굴을 편다.

입 다물고 조용히 눈물을 흘리는 모습이 천사 같긴 하다. 이목구비는 내 취향이다.

"구배지례라고 해서 우리 집안은 제자가 스승에게 아홉 번을 절해야 하는 게 전통이지만, 어차피 약식 제자니까요. 세 번만 절하십시오."

"뭐?"

이건 그냥 변덕이다. 미모가 아까워서 도와주는 변덕.

"강해지고 싶다면 세 번만 절하세요. 왜요, 못 해요? 그 자식들에게는 하루에 구십 번도 더 절했을 거 아닙니까? 저한테 세 번 하는 게 그리 어렵습니까?"

"너, 누군데?"

내 가문이 궁금한 건가? 내 계급이 궁금한 건가? 아니면 성별? 무엇도 알려줄 생각은 없었다.

"당신에게 세 번 절 받을 정도는 되는 사람입니다. 실력은 아까 보셨잖습니까?"

싫다면 떠날 속셈이다. 그리고 아리네스의 멱살을 붙잡아 탈탈 털어야지. 처음부터 어쩐지 느낌이 이상하다 했다. 하여간 그 여자, 여우를 백 마리는 삶아 먹었다니까.

"……."

"뭐, 됐습니다. 돌아갈 테니 앞으로는 그놈들에게나 구십 번이 아니라 구천 번, 구만 번, 두고 두고 절하십시오."

내가 몸을 일으키려 하자 소년이 허리를 꺾는다. 그리고는 바닥에 머리를 박는다.

쿵!

소리가 자못 묵직하다. 소년은 몸을 일으키더니 다시 머리를 박는다.

쿵!

한이 맺힌 소리였다. 소년의 이마에는 피가 흘러나온다. 소년은 다시 절을 했다.

쿵, 쿵, 쿠웅!

세 번, 네 번, 다섯 번…… 당초 약속했던 세 번을 웃돌아 아홉 번의 절을 한다.

콰앙!

시뻘게진 눈으로 말했다.

"네가 누군지는 모르겠어. 하지만 그만한 실력이 있다는 건 알겠어. 그러니 강하게 해줘!"

피와 눈물에 전 얼굴로 악다구니를 썼다. 이 모습이 어쩐지 어릴 때의 나와 겹쳐 보여서 조금은 실소가 나왔다.

"에효, 이미 아홉 번이나 받아 버렸으니 이거 어쩔 수 없네요. 스승님이라고 부르십시오."

나는 그에게 손을 내밀었다. 그는 내 손을 붙잡아 몸을 일으켰다.

'으, 안 예뻐졌네.'

흥 안 지게 이마의 피부터 닦고.

불쌍한 자식.

## 4.

그날 이후로 소년은 달렸다. 누구보다 소년을 일찍 깨워서 그저 학교 전체를 달리고 또 달리고 달리게 했다. 첫 날에는 달리고, 둘째 날에는 오리걸음을 시킨다. 셋째 날에는 바닥을 구른다.

"스승, 이게 정말로 효과가 있는 거야?"

"댁은 단기 속성이잖아요. 사실 이 기간 안에 기초 체력을 키운다는 것 자체가 말이 안 되지만, 그래도 회복 포션은 많이 갖고 있으니 그거 믿고 기대야죠."

무리하게 운동하면 근육이 파열된다. 그리고 파열된 근육은 포션으로 회복할 수 있다. 재미있는 게, 인체에서 근육이 만들어지는 과정도 이것과 같다.

이걸 처음 알아낸 게 흑마법사들인데, 근육을 혹사시키면 그 근육을 수복시키기 위해 영양소가 움직인단다. 그렇게 다음번에 재생될 때는 더욱더 강한 근육으로 거듭난다. 인체는 이러한 과정의 무한한 반복이다.

반대로 잘 쓰지 않는 근육은 영양소를 보낼 일이 없으니 점점 더 줄어들고 약해진다. 잘 만든 포션은 이 과정을 단축시킨다.

'돈 발라서 단기 속성 과외 하는 거지, 뭐.'

문제는 본인이 그 한계를 뛰어넘을 때까지 계속해서 자신과 싸워야 한다는 것.

그리고 또 하나 숨겨진 속내가 있다.

'생각보다 근육량이 괜찮네.'

보이는 것보다 꽤 근육이 알차게 들어 있었다. 기사 사관학교답게 교과 과목에 체력 단련이 들어 있기도 하고, 본인도 기본적으로 성실한 학생이라 제법 싸울 만한 몸은 이미 갖춰져 있다.

그럼에도 체력 단련을 빙자해서 더 굴리는 이유는 세 가지다.

"왼발이 느립니다!"

첫째, 그냥 굴리는 것 같아 보여도 보법을 기반으로 같은 동작을 시키고 있다. 무릇 싸움이란 싸우는 것보다 도망치는 걸 우선으로 해야 한다. 어차피 애들끼리 개싸움이다. 기사들끼리 하는 결투야 칼 들고 서로 배때기를 누가 먼저 후비느냐로 결정된다. 패자는 말이 없는 게 아니라 말을 못 한다. 숨이 꼴딱꼴딱 넘어가는 상황이니까. 그런데 애들끼리 막싸움은 말이 다르다. 이긴 놈도 말이 많지만 진 놈은 더 말이 많다.

개도 동료가 있을진대 만약에 여기서 이겼다고 한들 주먹 좀 쓰는 친구나 선배 끌고 와서 '쟤가 나 때렸어. 엉어 어엉!' 해 버리면 다음 라운드 시작이다. 그냥 정신 줄 놓고 도망쳐야 하는 거다.

두 번째, 독기다.

아무리 본인이 이기고 싶다고 해도 이미 몸은 폭력을 기억하고 있다.

높은 확률로 몸이 굳거나 도망치고 싶을 거다. 그러면 다시 두들겨 맞는다. 일 대 다수는 기선 제압이 중요한데 여기서 밀리는 순간 끝이다. 사람이 껌 딱지로 전락하는 건

순식간.

'아마 다시 마음이 꺾인다면 이제는 두 번 다시 못 일어나겠지.'

조상님의 가보까지 팔아서 이 사태를 해결해 보려 할 정도면 전생의 용기까지 박박 끌어 왔다고 해도 과언이 아니다. 그만큼 몰린 거겠지. 이성적인 판단을 못 할 정도로.

고생은 인간을 강하게 만든다. 그리고 사람은 극한까지 몸을 굴리면 독기라는 게 생긴다. 정신 차려 보니 벽돌로 뒤통수를 갈기고 있더라…… 하는 이야기가 괜히 있는 게 아니다.

그리고 마지막 하나, 이게 가장 중요하다.

"컥, 난 이제… 저는… 허억… 진짜… 허억…… 우에에엑!"

결국 구토를 하는 그의 등을 툭툭 두들겼다.

"수고하셨습니다. 오늘 분량을 다 채웠네요. 포션 드시고 씻고 주무세요."

내 허락에 그는 회복 포션을 물처럼 마시며 샤워실로 들어갔다. 그러고는 겨우 땀만 씻어 내고는 침대에 쓰러졌다. 나는 그가 다 잠들 때까지 기다렸다. 10초도 안 돼서 누가 업어 가도 모를 정도로 잠이 들었다. 아니, 잠이 들었다는 표현보다는 기절했다는 말이 더 정확할지도 모른다.

완전히 의식이 없는 걸 확인하고는 그를 돌려 눕혔다. 그러고는 그의 등에 올라탔다.

'다 큰 처녀가 이런 자세를 하고 있는 걸 어머니가 아시면 날 죽이겠지.'

오빠도 죽일지도 모른다. 아니, 밖으로 얘기가 새는 순간 시집은 물 건너간 거지.

'어쩌면 차라리 잘되는 걸지도……. 아냐아냐, 내가 아무리 시집가기 싫다고 해도 그런 소문까지 내는 건 좀…….'

독신의 숙원을 이루는 순간 내 존엄성도 함께 바닥으로 구르는 거지.

아무튼 깍지를 끼고는 내 왼손과 오른손을 풀었다. 그러고는 검지와 중지를 이용해 그의 등을 빠른 속도로 치기 시작했다.

점혈.

동대륙에서는 혈도라고 부르고 서대륙에서는 마나패스라고 부르는 곳이 있다.

검사든 마법사든 이 마나패스를 타고 마력이 흐르는데, 일류에 가까울수록 이 마나패스가 넓어지고 더욱 촘촘해진다. 그러나 굳이 수련까지 가고 이렇게 자극을 주는 것만으로도 마나 패스를 인위적으로 넓힐 수 있다.

'물론 이것만 갖고는 무리지. 아무리 길이 넓어도 그곳

에 쏟아 넣을 마력량이 뒷받침되어야 하지. 그래도…….'

그래도 이 정도만 해 줘도 싸움에서는 훨씬 유리하다.

괜히 우리 가문 사람들이 다섯 살 때 몬스터 잡고 열 살에는 바위 가르고 그러는 게 아니다. 신의 가호가 있다곤 해도 우리 가문에만 전해져 오는 이 비술도 함께했기 때문에 더욱더 빠른 속도로 발전할 수 있는 거다.

거기다가 이 녀석은 얼굴만 좋은 게 아니라 몸도 꽤 좋다. 성장기라 아직 키는 작아도 금방 클 거다. 싸우기 딱 좋은 근육에 마력량도 나쁘지 않은 것 같다.

나는 점점 더 빠르게 손을 움직여 놈의 마나패스를 자극시키기 시작했다.

퉁, 퉁, 투투투투!

절 아홉 번 하고 이놈은 평생 나한테 감사할 일이 생겼다. 마지막 마력 패스까지 자극하고 나니 온몸이 땀범벅이다. 이 기술을 받는 사람뿐만 아니라 하는 사람에게도 몸에 부담을 준다.

'자고 있는 것 같으니 잠깐 샤워나 좀 할까?'

원래라면 하인들만 사용하는 대욕탕이 따로 있다만 여자의 몸으로 그곳에 들를 수는 없다. 지금이라면 방에 불이 나도 못 일어날 것 같으니 잠깐 빌린들 괜찮을 거다.

욕실 문을 잠그고는 옷을 벗었다. 다른 장신구들은 그냥 낀 채로 씻어도 될 것 같은데 목걸이가 문제다. 아리네스가 물을 조심하란 소리는 달리 안 하긴 했는데, 진짜로 물 묻혀도 괜찮을까.

'까짓것 문도 잠그고 있는데 벗고 하지, 뭐.'

목걸이까지 풀고 나니 원래의 내 모습으로 돌아온다. 짧은 머리카락이 여전히 어색하다. 욕조에 다리를 집어넣고는 뜨거운 물을 받았다. 비싼 학비답게 시설 하나는 일류다.

뜨거운 물이 숨을 적시니 어쩐지 긴장이 풀린다. 누군가를 가르친다는 거 생각 이상으로 힘든 일이었구나.

'우리 오빠도 날 가르쳐 주려면 많이 힘들었을 텐데.'

아버지는 자주 자리를 비웠다. 그럴 때면 늘 오빠가 대신 가르쳐 주었다. 쌍둥이인데, 한날한시에 태어났음에도 오빠는 늘 먼저 무언가를 배워 오곤 했다. 그때는 그게 남자로서의 특권이라고 생각해서 고까운 눈으로 보곤 했다. 나를 동정하는 거라고, 자신이 얼마나 대단해졌는지 자랑하고 싶어서 온 걸 거라고. 그래도 지금은 알 것 같았다.

'그냥 가르쳐 주는 게 기쁜 거야.'

남을 가르쳐 주는 만큼 내 안에서 무언가 이론이 정립되어 가는 걸 느낀다. 그건 좋은 일이다. 하지만 그걸 감안해도 힘들고 고된 일이다. 그럼에도 할 수 있다는 건 아마 보람 때문일 거다.

'나도 오빠처럼 가르치는 데 소질이 있는지는 모르겠다
만⋯⋯.'

내일부터는 단순히 체력이나 마나패스 단련이 아닌 권법
과 검법 모두 병행해야 한다. 지금보다 더 힘든 과정이 펼
쳐지겠지.

'제대로 가르쳐 줄 수 있을까?'

그 전에 이게 그만한 가치가 있는 일일까? 내게 어떤 이
득을 줄까. 그럼에도 나는 왜 이렇게 열심히 하는 걸까.

모르겠다. 나도 나를 정말 모르겠다.

"⋯⋯."

그 순간 문득 생각했다.

'아까 자고 있던 모습이 예뻤단 말이지.'

그래. 이런 꽃 쓰레기를 갱생시키는 것도 여장부의 덕목
아니겠나. 거기다 평범한 인간이 엘이나 키르카만큼 예쁜
건 처음 봤는걸.

'난 절대 저 미모로 맞고 사는 게 아까워서 도와주는 게
아니야. 그냥 불쌍해서 도와주는 거야.'

내 양심이 털 난 깃발을 흔들었다.

# 5.

욕탕에서 깜빡 잠이 들었다. 시간이 얼마나 지나갔는지는 모르겠다. 헐레벌떡 목걸이를 도로 차고는 밖으로 나왔다.

"⋯⋯."

다행히 이 녀석은 아까 누운 자세와 똑같은 자세로 그대로 자고 있다. 뒤척이지도 않는다.

'음, 여전히 좋은 얼굴이야.'

방이 한 3루멘 정도는 밝아지는 것 같다.

시간을 보니 어림잡아 30분 후면 기상 시간이다. 나는 바닥에 엉덩이를 깔고 앉아 정좌를 한다. 등을 곧게 펴고는 비강으로 숨을 깊게 들이쉰다. 새벽 공기가 폐 안으로 깊게 들어온다.

마나는 이 세계를 이루는 기본 구조다. 최초의 신께서 이 세계를 만들 때 마나의 힘으로 만들었다고 한다. 눈에는 보이지 않지만 있는 힘. 동대륙에서는 기(氣)라고도 부르고, 대사막 지대에서는 차크라라고도 부른다고 한다. 우리는 마력이라고 부른다.

이걸 몸 안에 축적하면 보통 처음에는 심장 부근에 모이는데 처음에는 콩알보다도 작던 것이 나중에는 점점 더 커져 강처럼 빙글빙글 돌기 시작한다. 마법사들은 이걸 마치 행성의 공전처럼 동심원을 그리며 겹겹이 쌓는다고 한다.

고리 하나는 1서클, 두 개는 2서클, 이런 식으로 나중에는 4서클, 5서클까지 올라간다.

인간은 최대 7서클밖에 안 된다고 하는데 엘프는 8서클까지 가능하다고 들었다.

아크 드래곤은 9서클, 즉 반신의 경지까지 모을 수 있다고 한다.

검사는 고리를 만드는 대신에 심장에서 아랫배 쪽으로, 아랫배에서 다시 몸 경혈 구석구석 마나패스를 뚫어 흐르게 한다. 그러고는 의지만으로 검 위에 마나를 씌워 공격한다.

언어로서 마력을 구체화시키는 마법사들과는 전혀 다른 구조다.

그래서 마검사가 드물다.

마법을 쓰기 위한 몸과 검을 쓰기 위한 몸이 다르기 때문이다.

'아카넬 대공이 그래서 이상하단 말이지.'

대륙 제일검이라 불리는 사람. 분명 검사임에도 마법에도 소양이 있어 보인다.

'정말 인간이 아닌 걸까?'

엘과 같은 동류일 수도 있다. 그러나 더 깊게 파고들어 가면 두 번 다시 원래대로는 돌아올 수 없을 것 같았다. 문 득 내 귀를 막았던 그의 손길이 떠올랐다. 그는 그때 무슨 말을 속삭였던 걸까.

'윽…… 잡념, 잡념!'

그 생각을 하니 저도 모르게 얼굴이 뜨거워진다.

나는 고개를 저어 억지로 그에 대한 생각을 잊는다. 그러 고는 다시 크게 호흡한다.

마력을 받아들이고 마나패스를 회전시켜 몸의 불순물을 태운다.

이 작업의 무한한 반복이다.

얼마나 시간이 지났을까? 무아의 상태에서 깨어난다.

'생각보다 마력량이 늘어 있어?'

어쩐지 전보다 늘어 있었다. 내 몸이 반쯤은 마물에 가까 운 걸 계산에 넣어도 이건 60년은 수련한 노검사의 마력량 이다.

'최근에 수련도 게을리했는데 말이지?'

큰 깨달음이 온 것도 아니다. 생각할수록 아리송하다.

'뭔가 리버와 관계가 있을 것 같은데…….'

나한테 변화가 왔다는 건 리버에게도 변화가 왔다는 뜻 이다. 우린 연결되어 있으니까.

이 일이 끝나고 나면 따로 만나 봐야겠다.

눈을 뜨니 라우는 이미 없었다. 아마도 밖으로 나간 모양이다. 처음에는 억지로 깨워 줘야 일어나던 위인이 이제는 이른 아침부터 스스로 일어나서 수련을 한다.

'제법이네.'

그렇다고 해도 감시를 게을리할 수는 없다. 그를 찾아서 창밖으로 훌쩍 넘어갔다.


아니나 다를까 밖으로 나온 지 얼마 되지도 않아서 싸우는 소리가 들렸다.

정확히 말하면 사람을 일방적으로 때리는 소리다.

그곳으로 향하니 커다란 나무그늘 아래 낯익은 덩치들이 에워싸고 라우를 때리고 있었다.

'난감하네, 이거.'

내가 됐다고 허락할 때까지 라우는 싸워서는 안 된다. 어설프게 저항했다가는 그나마 있던 독기마저도 날아간다.

"왜? 새벽부터 우리가 보고 싶어서 나왔냐? 개새끼야?"

라우는 저항하지 않고 그냥 맞기만 했다. 주먹 쥔 손톱 아래로 피가 배어난다.

놈들은 비웃으며 린치한다. 라우는 몸을 웅크려 방어한다.

"그만해. 야, 야. 언제까지 이럴 거냐?"

주동자 놈이 그리 말하고는 다리를 벌리고 선다.

"오늘은 깔끔하게 끝내자. 아래로 기어가."

"⋯⋯."

"뭐해? 어려운 일도 아니고 그냥 몇 발자국만 기면 되잖아?"

한순간, 라우의 눈에서 살기가 뛴다. 안 된다. 여기서 싸우면!

"아이고, 여기 계셨습니까!"

어벙한 목소리로 라우에게 달려간다.

"뭐야, 네놈은?"

놈들이 내게 주목한다. 그때 이후에도 이 자식들이 숱하게 나를 붙잡고 공격하려 했으나 모두 지난번과 같은 꼴을 당해야만 했다. 이쯤 되면 뭔가 이상하다는 걸 깨달았겠지만, 그게 뭔지는 모른다. 그만큼 아직 놈들의 배움이 얕았고, 겉으로 봐서는 누가 봐도 제 풀에 지 손가락이 나간 거니까.

놈들이 인상을 팍 쓰자 일부러 보라는 듯 눈을 반짝반짝 빛냈다.

"저희 도련님 친구분들이시군요! 언제나 도련님과 놀아주셔서 감사합니다."

"노, 놀아 줘? 크하하하하! 대답 하나는 가관이구만."

"네? 뭔가 제가 잘못 알고 있는 거라도 있습니까요?"

그 순간, 놈이 내 멱살을 붙잡아 올린다.

한순간 막을까 하다가 일일이 쳐 내기에는 너무 표가 나서 그냥 순순히 붙잡혀 줬다.

"너 꽤 오래 버틴다?"

"네, 네에? 고맙습니다요, 나리. 제가 실수가 많아서 늘 걱정입니다."

놈이 무릎으로 내 배를 찍는다. 나는 일부러 몸을 뒤틀어 충격을 흘려보낸다.

퍽!

어느 정도로 소리 지르면 많이 아파 보일까? 대충 배 잡고 구르면 되나?

"끄아악! 나리! 살려주십시오! 으아아악!"

"낄낄낄, 그 주인에 그 종놈이네."

놈들이 비웃으며 침을 뱉는다. 그러고는 이제야 멀어지기 시작한다. 놈들이 완전히 멀어질 때까지 기다리다 몸을 일으켰다.

"으쌰!"

돌아가서 또 씻어야겠다. 아, 귀찮아. 진짜.

옆을 돌아보니 라우는 아까 그 자세로 몸을 부들부들 떨고 있다. 팔의 힘줄이 금방이라도 터질 것처럼 부풀었다.

그를 향해 손을 내밀어 주었다.

"괜찮습니까? 일어나십시오."

그는 내 손을 쳐 냈다. 그러고는 낮고 차분한 목소리로
뇌까렸다.

"왜…… 안 싸운 거야? 사부, 마음만 먹으면 저 녀석들
날려 버릴 수 있잖아."

잇새로 분노가 새어 나온다. 갓 풀무질한 아궁이 같다.
바람을 받고 막 불이 부풀기 시작한 아궁이.

"제가 그러면 복수가 안 되잖습니까."

"언제가 돼야 싸울 수 있는데?"

"충분히 강해질 때까지요."

"대체 그때가 언젠데—!!"

절규가 비명 속에 섞여 공기를 태운다. 절망이 소년의 손
가락 마디마디에 파고들어 꽃을 피웠다. 스승이란 참 어렵
다. 여기서 그를 냉정하게 대해야 할까. 아니면 부드럽게
위로해야 할까.

어느 쪽이 더 그의 발전에 더 옳은 선택일까.

'오빠라면, 카녹 오빠라면 어떤 선택을 했을까.'

아아, 오빠. 내게 힘을 줘. 부디 지혜를 줘.

"나뭇가지로 바위를 깨고 손바닥으로 나무를 부술 수 있
다면?"

"웃기지마! 그딴 건 졸업반 선배들도 못 해!"

"……."

"넌 대단하잖아. 너는 엄청 강하잖아. 그놈들 눈이 옹이구멍이라 못 알아보는 거지 너는 진짜 강해. 아마 학교 교수님만큼, 어쩌면 그보다 더 강할 거야. 하지만 날 봐. 내가 그게 될 놈이었으면 이러고 살았겠어?!!"

분노에 눈가가 저리다. 소년은 무릎을 끌어안고는 서럽게 울었다. 나는 그의 어깨를 붙잡고 울음이 그칠 때까지 기다렸다.

친구라면 눈물을 닦아 줄 수 있었으리라. 부모라면 여기서 호되게 야단칠 수도 있었으리라. 그러나 스승은 친구도 부모도 아니기에 할 수 있는 게 아무것도 없었다. 그저 어깨를 붙잡고 온기를 나누어 주는 것 말고는 아무것도.

소년의 눈물이 잦아들자 나는 그를 일으켰다.

"몸에 힘을 빼 보십시오."

나는 뒤에서 그를 끌어안듯 겹쳐 선다. 그러고는 그의 손을 한 손에 하나씩 양손에 붙잡는다.

마치 인형놀이를 할 때 인형 팔다리를 쥐는 것과 같다. 그의 몸에 내 몸을 밀착한다.

내 심장 고동과 숨을 느낄 수 있도록.

"숨을 깊게 들이쉬고, 내쉬는 숨은 얕게. 턱은 늘 지평선을 바라보도록."

그는 볼멘소리를 내다가 이윽고 저항하는 걸 포기한다.
나는 그의 손을 붙잡고 천천히 몸을 연공한다. 근육과 뼈가
원을 그리며 느릿느릿하게 움직인다. 나는 그의 발에 내 발
을 겹친다. 내가 앞으로 한 걸음 내딛자 그는 똑같은 자세
로 끌려들어 간다.

툭.

고작 한 걸음뿐인데 소리가 달랐다. 본인도 그걸 깨달았
는지 눈꺼풀이 작게 부풀어 오른다. 그리고 두 걸음, 이번
에는 아까보다 강하게.

투웅—

마침내 발바닥부터 밀려오는 그 충격을 이용해 근육을
활시위 삼고, 뼈를 활대로 삼아서 마침내 손을 화살처럼 쏜
다.

콰아아앙!

주먹과 나무가 닿는 찰나, 굉음과 함께 거대한 나무가 마
치 사기그릇처럼 갈라진다.

소년의 눈동자가 경악에 부풀어 오른다.

"내가…… 했어?"

"무(武)에 있어서 육체의 강함은 그저 아주 작은 부분을
차지합니다. 진짜로 배워야 할 것은 그 안에 있죠. 몸을 어

떻게 활용하고, 어떻게 싸울 건가."

엄연히 말하면 조금 실패했다. 원래라면 이렇게 굉음이
들려서는 안 된다. 소리는 작고 충격량은 최대로 밀어 넣어
야 한다.

그러나 지금은 거기까지 가르쳐 줄 필요 없으려나.

"지금부터는 이걸 배울 겁니다. 올바르게 몸을 사용하는
법이요. 근육, 뼈, 심지어 몸 안의 장기마저도 오롯이 싸움
을 위해 쓰여야 합니다. 알겠습니까?"

소년은 한참이나 제 주먹을 쳐다보았다.

그 한순간, 중력과 공기와 절망을 가르며 질주했던 그 감
각을 잊지 못하는 모양이다. 나도 그랬다. 나 역시 그랬다.

무(武)는 강하고, 유려하며, 자유롭다. 그렇기에 사람은
무(武)에 가까워질수록 자신을 얽매는 모든 제약이 무(無)
로 사라진다.

무(武)는 모든 상황을 심플하게 만든다.

그렇기에 사람은 강해지길 소망하고 열망하며, 자신을
죽이고 타인을 죽여서라도 강해지고자 한다. 그 마약을 한
번이라도 맛보고 나면 뇌에 각인되어 두 번 다시 잊을 수
없다.

그런 자들을 우리는 무인(武人)이라 부른다.

나는 그에게 눈웃음을 쳤다.

"그러면 오늘 수련을 재개하죠."

# 6.

라우는 빨리 배운다.

권법에 관해서는 스펀지가 물을 흡수하듯이 배웠다. 그만큼 본인이 절박해서이기도 하고, 재능이 있기도 하고, 오랫동안 억눌려 왔던 무언가가 폭발해서이기도 하다.

'남자는 참 좋구나.'

대부분의 무술은 남자가 사용하기 위한 용도로 창안된다.

그러다 보니 여자의 육체로는 걸맞지 않은 것들이 많아서 고생하곤 했다. 그에 비해 라우는 남자이고 재능도 있고, 하고자 하는 열망도 충분하다.

'부럽다. 부러워.'

나도 남자로 태어났다면 참 좋을 텐데. 기본기도 탄탄해서 이 위에 덧씌우기만 하면 된다.

권법을 가르치는 마지막 날, 라우는 나를 따라 팔을 움직였다. 마력이 경혈을 타고 신경계 중추까지 퍼져 간다. 휘어지고 감기는 게 마치 아낙이 빨래를 터는 것처럼 부드럽고 강하다. 마치 춤을 추듯 느릿느릿하게 움직이던 그의 손이 힘을 담아 점점 더 빠르게 움직이기 시작했다. 그리고 마침내 진각을 밟고는 빠르게 마력을 순환시킨다.

힘으로만 되는 일이 아니다. 마력으로만 되는 일은 더욱 아니다. 적당한 스피드와 적당한 유연성, 그리고 몸에 인이 박힐 정도의 수련이 필요하다.

사람이 무아의 경지에 올랐을 때도 몸은 수천, 수만 번 내지른 그 길을 기억한다. 그리고 그것은 무아와 함께하며 더 높은 경지를 일으킨다.

투웅!

라우의 주먹이 나무껍질 안으로 충격을 밀어 넣는다. 자세에 비해 충격음은 몹시도 작았다. 그러나 그게 제대로 들어갔다는 뜻이다.

거대한 나무가 그의 손을 타고 사기그릇처럼 부서진다.

"……!"

라우 본인도 놀라서 자기 주먹을 한참이나 바라본다.

"안 아프죠?"

내 질문에 그가 고개를 끄덕인다.

"제대로 주먹을 넣으면 안 아파요. 초고수는 손에 붕대도 감지 않고 마력 실린 칼날을 맨손으로 부수죠."

"스승도 그게 돼?"

글쎄다. 가만히 있는 칼날 정도야 옛날에도 부술 수 있었지만 제대로 살기가 실린 검이면 이야기가 다르다. 하지만 지금 내 몸은 인간이라기보다는 마물에 가까워졌다.

"저도 잘 모르겠습니다."

내 대답에 그가 고개를 갸우뚱한다. 아마 실전에 들어가 봐야 알 것 같다. 나는 그의 어깨를 붙잡는다. 그가 내 팔을 붙잡아 가볍게 뒤튼다. 내가 가르쳐 준 반격이다. 이대로 말려들어 가면 팔꿈치가 탈골된다. 나는 자세를 바꿔 응수하는 대신에 다른 손으로 그의 경혈을 꾸욱 누른다.

"으아아악!"

"절 넘으려면 아직 멀었습니다."

"칫! 짜증 나네."

"그 정도 배워서 스승을 뛰어넘겠다는 심보가 고약한 거라고요?"

라우는 입을 삐죽거린다. 옛날이라면 꿀밤을 먹였겠지만 지금은 저 안에 얼마나 많은 고뇌와 끈기가 있는지 알고 있다. 그렇기에 조금은 귀엽다.

'음, 좋은 얼굴.'

나는 그의 양 볼을 쭉 잡아당기며 웃었다.

"이제 검술로 들어가죠."

"대체 어떻게 해야 너처럼 강해지는 건데!"

"너라니?"

내 말에 그가 샐쭉해져서 기어들어 가는 목소리로 웅얼거렸다.

"……스, 스승처럼."

"좋은 스승과 노력, 그리고 약간의 실전 경험이죠."

"그런 말은 나도 하겠다."


그날 이후로 그는 내게 검을 배웠다. 그러나 문제가 생겼다.

'재, 재능 없어!'

살다 살다 칼에 이렇게 재능 없는 사람도 처음 본다. 말그대로 칼을 휘두르는 건지 몽둥이를 휘두르는 건지 모를 정도다.

미모! 미모가 아깝다!

"왜 이렇게 못합니까. 세상에 가르쳐줘도 못 해먹네."

"시, 시끄러!"

나는 바위에 걸터앉아서 그가 하는 양을 한참이나 바라보았다. 리듬감이 부족하다. 권법으로 했을 때는 곧잘 따라 하던 것이 검을 들자마자 묘하게 남보다 한 박자씩 느리다. 뭔가 어긋나 있다. 타인과는 감각이…….

'이러니 무시당하지.'

남자들만 있는 기사 사관학교다. 힘이 곧 정의.

사람이 아니라 짐승 새끼마냥 힘 있는 순으로 서열이 정리되는 곳이다. 이런 곳에서 검술은 정말 중요한 소양이다. '기사=검술'이라는 게 이곳 공식 아닌가. 공부만 하는 샌님들을 대놓고 깔보는 게 어찌 보면 당연한 현상이다.

거기서 마땅한 가문 배경 하나 없는 성격 더러운 운동치.

"매일 노력해도 안 는 거죠?"

"거기 선생이 나쁜 거야!"

"제가 가르쳐줘도 안 느는데요?"

"스승이 멍청한 거야."

말은 그렇게 해도 죽어라고 각목을 휘두른다.

"기사 사관학교라는 게 꼭 칼만 배워야 합니까?"

"그럴 리가 없잖아? 마창(馬槍)이라든가 핼버드 같은 둔기도 졸업 시험에 적용돼."

어떻게 하는 게 좋을까나.

결국 나는 결정을 내린다. 그를 두고 그대로 단번에 성벽을 뛰어넘었다.

"어, 어디 가는데! 나 두고 가는 거야? 어이, 스승! 어이, 어이이이!"

거참 말 많다.

# 7.

정확히 열흘 후, 한밤중에 기숙사 방으로 돌아왔다.

달을 등지고 창문을 열어젖히는데 방 안 꼴이 말이 아니었다.

'청소도 안 하고 사는 건가.'

하긴 그동안 시종들이 해 왔고 그 시종조차 지금은 없다. 방이 난장판이 되는 건 당연하다. 그러나 단순히 정리를 하지 않아서 어지럽다고 하기에는 컵이니 꽃병이니 모두 부서져 있었다.

스승으로서 한 소리라도 할 요량으로 침실을 둘러보았지만 녀석이 없었다.

'욕실인가?'

그때 발아래에 무언가가 밟혔다. 나는 종이를 집어 들었다. 부모님께 쓴 편지다.


　아무리 노력해도 안 되는 건 안 되는 건가 봅니다.

　세상에서 유일하게 믿었던 마지막 사람도 절버렸습니다.

　오늘로 열흘 째, 제 자신의 무력함에 토악질이

밀려옵니다.


그것은 유서였다.

내가 떠난 후의 이야기들을 썼다. 처음 며칠은 내가 곧
돌아올 거라 믿으며 수련을 했다고 한다. 그러나 내가 떠나
있는 시간이 길어지며 마침내 그는 생각했다.

내가 그를 버렸다고.


　당연한 일이라고 생각합니다. 저라도 저 같은
　새끼를 버릴 거거든요. 하긴 당신들도 내놓은 자
　식인데 누군들 붙잡겠습니까.
　노력, 그 노력이라는 걸 얼마나 더 해야 해결될
　까요.


그는 가보였던 신록의 서를 빼앗겼다. 그건 그의 마지막
거래 카드였다. 그것마저 빼앗겨 버리자 소년은 절망했다.


　유일한 가보가 사라졌으니 연구소가 다시 거래
　해 줄 일도 없겠죠.


아, 빌어먹을.

보통 상황이라면 열흘쯤 중간에 사라져도 불안은 했겠지만 기다릴 수 있다. 그러나 이 녀석은 상황이 다르다. 애초에 무인과 같은 정신을 가지고 있었다면 가보를 걸고 나를 부르지도 않았을 거다.

수련을 하며 보여 줬던 모습이 강했기에, 굳건했기에 나는 이 녀석이 그 정도는 충분히 기다릴 수 있을 거라고 생각했다.

찰박.

어둠 속에서 기포가 올라왔다. 새카만 어둠 속에서 피비린내가 훅 밀려온다. 죽음의 냄새다. 죽은 자가 내뿜는 냉기에 다리가 한참이나 굳었다.

"라우?"

내 목소리가 공허에 막힌다. 달빛이 구름 밖으로 밀려나간다. 하얀 보름달 아래에 소년은 동맥을 깊게 세로로 눌러 그었다. 붉은 생명이 달빛 아래로 검게 변색되었다.

"죽으면 안 돼. 죽으면 안 돼."

몸이 차갑다. 상처를 손으로 누른다. 그의 몸을 욕조 밖으로 힘껏 끄집어낸다. 물에 젖은 옷이 절망처럼 무겁다.

바보다. 나는 바보다. 저런 어린아이, 아무리 겉으로는 강한 척해도 한계까지 몰린 어린아이가 혼자서 무슨 짓을 할지 생각도 못 한 바보다. 미리 이야기라도 했어야 했다.

왜 나갔는지, 언제 돌아올지 말이라도 했어야 했다.

나란 년은 최악이다. 무언가 하나에 집중하면 주변 하나 보지 못하는 최악의 바보.

"포션, 포션……!"

찬장을 열어 보았지만 그 안에 있는 깨진 포션 병들이 절망을 반사했다.

"안 돼. 안 돼!"

누군가 자신을 살릴 걸 각오한 걸까? 아니면 다 부수는 김에 함께 부순 걸까. 모르겠다. 알 수 없다.

목 아래로 소년의 맥이 천천히 사라져 가는 게 느껴진다. 내 책임이다. 이렇게 죽일 수는 없었다. 생각해야 한다. 생각, 생각을……!

'누나는 이제 반쯤은 마족이야.'

마족의 피나 뼈, 살점은 사람의 몸을 치유시켜 주는 힘이 있다. 하지만 그래 봤자 반마(半魔), 반은 인간 피다. 제대로 효력을 볼 수 있을 리 없다.

'딱…… 하나 있지.'

나는 작은 유리병을 꺼냈다. 그 안에는 세 장의 깃털이 낮게 타고 있었다. 천사이자 마왕의 것. 귀한 물건이라 집에 놔두지도 못하고 늘 품에 지니고 있다. 이걸 희생한다면 살 수 있을지도 모른다. 하지만… 하지만……

'그만큼 내 꿈에서 멀어지게 돼!'

용을 죽일 수 있는 검을 만들어야 한다. 그리고 이 세 장의 깃털은 마력의 정수다. 평범한 칼도 이걸 품는 순간 성검이든 마검이든 될 수 있다. 그런 물건을 이 아이를 위해 쓸 수는 없었다.

'이대로 책만 챙겨 돌아가면 돼.'

내 안의 작은 내가 속삭이는 소리가 들린다. 차라리 잘된 거다. 이대로 아리네스에게 돌려주면 모든 게 끝난다. 어차피 약해서 죽은 거 아닌가.

이 세상은 약육강식.

강자를 위한 세계다.

그럼에도 나는…… 깃털을 꺼내고 만다.

굴러다니는 포션 병 조각을 주워 꽉 움켜쥔다. 유리가 살갗을 가르며 피를 만든다. 깃털 위로 내 피가 방울져 내려간다. 조금이라도 치유력을 높일 요량이다.

'먹이면 되는 걸까?'

마법 쪽에 대해서는 잘 모르지만 그래도 영약에 대해서는 잘 안다. 물론 그 위험성에 대해서도 알고 있고.

'실패하면 목숨도 깃털도 버리게 돼. 지금이라면…… 지금이라면 그만둘 수 있어.'

내 손은 이성을 거부한다. 죄책감이 손을 붙잡아 그의 입을 벌렸다.

그 안으로 키르카의 깃털을 집어넣는다. 혓바닥이 깃털에 닿는 순간 깃털은 마치 솜사탕처럼 녹아 소년의 목 아래로 흘러내려 간다.

꿀꺽—

미성숙한 목울대가 그것을 삼킨다.

그리고, 그 순간…… 그의 몸 밖으로 빛과 어둠이 폭발하며 뛰쳐나간다.

"큭, 크아아아악!"

혈관과 장기가 빛을 뿜는다. 강렬한 마력을 감당하지 못하고 소년의 몸이 활처럼 휜다.

'이런, 몸이 감당하지 못하고 있어.'

이대로라면 마왕의 마력이 소년의 육체를 갈갈이 찢어버린다. 급한 김에 소년의 심장께에 손을 뻗는다. 내 마력이 소년의 안으로 들어간다. 위험하다. 상대의 몸 안에 내마력을 주입하는 건 아무나 할 짓이 아니다. 거기다가 지금이 순간은 이 녀석의 마력이 나를 상회하고 있다. 자칫했다가는 이 녀석과 함께 나도 죽는 수가 있다.

'빌어먹을!'

내 마력이 소년의 심장을 타고 안으로 들어간다. 그곳에는 밝은 기운과 어두운 기운이 똬리를 틀며 소년의 몸 안을 누볐다.

키르카는 본디 근본이 천사이기에 갖는 빛의 마력과 마왕이기에 갖고 있는 어둠의 마력을 한꺼번에 갖고 있다. 내마력이 키르카의 마력을 붙잡는다.

쿠웅!

한순간 내 입과 코에서 피가 울컥 쏟아졌다. 그저 작게 충돌했을 뿐인데 온몸이 찢어질 것만 같았다. 그래도 놓을 수는 없었다. 여기서 함부로 손을 뗐다가는 내 목숨도 위험해진다.

'아버지가 하는 걸 한번 경험해 봤을 뿐인데!'

예전에 내가 마력을 잘못 사용해 몸이 위험해졌을 때, 아버지가 딱 한 번 내 몸에 사용한 적이 있었다. 그것뿐이었다.

'무모해. 무모해. 무모한 것도 정도가 있지, 카이 알테리온!'

나는 마력을 뻗는다. 어차피 내 작은 마력으로 키르카의 힘을 대항할 수는 없다.

홍수에 불어나는 강을 막아 봐야 함께 쓸려갈 뿐. 그럴 바에는 도랑을 만들어 물길이 지나가는 곳을 유도하는 거다.

내 마력이 심장 아래로, 단전을 향해 먼저 전진하기 시작한다. 수련하면서 이 녀석이 잠들 때마다 몇 번 경혈을 터

준 게 천운이었다.

내 마력이 한번 터진 경혈을 지나가면서 길을 넓히자 키르카의 마력이 함께 흘러들어 간다. 빛과 어둠의 마력이 뒤를 따라오는 게 느껴진다. 단전에서 다시 한 번 원을 그리며 심장까지 움직인다. 마치 운동장 트랙을 만드는 것과 비슷하다.

마력이 타원을 그리며 돌기 시작했다. 그러나 이것만으로는 부족했다. 더욱더, 길을 뚫어야 했다.


시간이 얼마나 지난 걸까? 나도 모르겠다. 그저 무아의 경지 속에서 마력을 당기고 흘리고 경혈을 여는 작업을 반복했다. 그리고 마침내 키르카의 마력은 라우의 안에 완벽하게 정착해 도도하게 흘렀다. 강과 같이 흐르는 힘에 만족하며 나는 손을 뗐다.

라우의 피부에서 빛이 올라왔다. 어둠 속에서 상처가 빛을 내며 사라진다. 키르카의 마력에 맞게 몸의 골격이 천천히 들어갔다가 나오길 반복한다.

강한 마력에 맞춰서 몸도 성장하기 시작한 것이리라.

'끝났다.'

사람을 살렸다는 만족감도 잠시, 나는 그대로 천천히 옆으로 쓰러졌다.

제대로 무리한 모양이다. 눈에서, 귀에서 피가 흘러나왔다.

나야말로 포션이 필요한 상황 같은데…… 손가락 하나도 움직일 수가 없었다.

식도가 수축하며 시커먼 핏덩이를 밀었다. 나는 그것을 캑캑 기침하듯 뱉어낸다.

그걸 끝으로 내 마지막 의식이 꺼졌다.

# 8.

빛이 보였다. 어둡고 흐린 지평선 너머로 빛이 새어 나왔다. 그 위로 별이 소금처럼 쏟아졌다. 소년은 그것을 한참이나 바라보다 그게 지평선이 아니라 화장실 타일이라는 것, 그리고 별이 아니라 깨진 유리 조각이라는 걸 깨닫는다.

'살아 있어?'

그뿐만 아니라 손목의 상처도 감쪽같이 사라져 있었다. 소년은 자신의 손목을 문지르다가 피부가 놀랍도록 투명해졌다는 걸 깨달았다. 늘 맞기만 하는 인생이었다. 몸 전체가 멍과 잔상처에 말라 갔다. 몸을 일으켜본다. 바닥 타일이 이렇게 멀게 느껴졌나? 아니, 머리가 너무 높이 솟은 건가? 소년은 한참이나 자신의 몸을 돌아본다. 무엇보다 머리카락이 너무 길게 자라 있었다. 분명 귀 위까지 오는 짧은 머리카락이었는데 지금은 등 아래까지 뻗어 있다.

거울 속의 자신은 손톱 끝부터 발톱 끝까지 몸이 곧고 완벽했다.

얼굴은 전과 뭐가 바뀌었는지 딱 집어 말할 수 없지만 미남이라고 부를 수 있는 그런 모습이다.

'죽었어야 할 텐데 왜?'

거기다 몸속에서 생소한 마력이 거대한 강처럼 굽이쳐 흘러간다. 양만 보면 80년은 수련해야 모일 어마어마한 마력이다.

'대체 왜?'

문득 발등에 무언가가 걸렸다. 소년은 무심결에 그것을 찼다.

흐린 새벽 달 아래로 그것은 매미 허물처럼 힘없이 대굴대굴 굴러갔다. 금색 머리카락이 보인다. 그리고 그 사이로 차갑게 굳은 속눈썹을 본다.

"사부? 버린 거…… 아니었어……?"

하루를 기다리고 이틀을 기다려도 그는 돌아오지 않았다. 삼 일을 기다렸을 때 소년은 직감했다. 스승이 자신을

버렸다고, 수많은 시종들이 그랬고 수많던 어른들이 그랬
듯이 그도 자신을 버렸으리라고.

그 열흘을 어떻게 버텼는지 모른다. 정신을 차려 보니 욕
조에서 손목을 긋고 있었다.

"왜, 왜? ······어째서?"

사부의 아래로 새카만 피가 타일 골을 따라 흘렀다. 눈에
서 코에서 귀에서 계속해서 피가 흐르고 있는데 막을 수가
없었다.

"사부, 사부! 왜!"

이름을 불러 보려 했지만 소년은 그제야 그의 이름조차 몰
랐음을 깨닫는다. 그는 소년에게 한숨을 포옥 쉬며 말했다.

'구배지례라고 해서 우리 집안은 제자가 스승에
게 아홉 번을 절해야 하는 게 전통이지만, 어차피 약
식 제자니까요. 세 번만 절하십시오.'

그런 사람이 지금은 계속해서 피를 흘리며 몸을 경련하
고 있다.

'강해지고 싶다면 세 번만 절하세요. 왜요. 못 해
요? 그 자식들에게는 하루에 구십 번도 더 절했을

거 아닙니까? 저한테 세 번 하는 게 그리 어렵습니까?'

몸을 흔들어 보고 뺨을 때려 봐도 정신이 돌아오지 않는다. 사람이 이렇게 죽는구나. 소년은 죽음을 실감한다. 이름이 뭐냐고, 네놈은 누구냐는 그때 소년의 질문에 그는 대답했다.

'당신에게 세 번 절 받을 정도는 되는 사람입니다.' 라고.

끝끝내 그는 이름 한 자 가르쳐 주지 않았다.

"일어나. 일어나! 일어나라고!"

멱살을 붙잡아 그의 몸을 사정없이 흔든다. 셔츠 앞섶이 후드득 뜯어지더니 붕대를 감은 맨살 가슴이 모습을 드러냈다.

여자의 것이었다.

그제야 그는 그녀가 목에 걸고 다니던 목걸이에서 미약하게 마력이 느껴진다는 걸 깨달았다. 후크를 푸니 마법이 풀린다. 원래의 여성의 모습으로 몸이 돌아온다. 그러나 그게 현실을 바꿔주진 않았다.

그저 '그' 가 '그녀' 가 되었을 뿐이었다.

포션은 없었다. 그가 모두 부숴 버렸기 때문이다.

이대로 사람을 부르기에는 시간이 없었다.

이대로는 머리끝부터 발끝까지 혈관 하나하나가 다 찢어
져서 죽으리라.

"복수시켜 준다더니 왜 죽어 자빠져서는…… 바보 사부
가."

소년의, 라우의 눈물이 뺨을 타고 흘러 타일을 적신다.

퉁—

빛 무리가 눈물을 타고 솟아오른다. 그 빛은 반딧불보다
작았고 달빛보다 밝았으며 별보다는 흐렸다.


—……리나요.

—오랜 맹약에 따라 우리가 부르는 소리가…… 들리나
요?


한 사람이 말하는 것 같고 수십이 말하는 것 같은 목소리
가 대기를 적신다.

"누구지?"


—드디어 목소리가 들리는군요.


빛 무리는 나비가 되어 날아오른다. '그들' 이 말했다.

―에버그린의 자손이여. 흐려진 피로 신록의 깃털을 삼
킨 자손이여. 드디어 우리가 보이나요?

그것은 책에서 보았던 이야기였다. 이제는 아버지도 할
아버지도 보지 못하는…… 너무 피가 흐려져서 이제는 두
번 다시 볼 수 없다는 이야기였다.

―우리는 이야기의 시작.
―세계를 걷는 자들에게만 보이는 속삭임.
―피와 피를 잇는 오래된 약속.

에버그린 가문. 이제는 스러지는 주술사 가문이었다. 요
정도 정령도 볼 수 없는, 이제는 자연과 교감할 수 없는 가
문이었다.

망념과도 같았던 힘이 드디어 깨어났을 때 소년은 기쁜
마음보다는 다급한 마음이 들었다.

"이 여자를…… 치료해 줘. 어서!"

오래된 주인의 명령이 떨어지자 수십의 빛 무리가 수천
의 나비가 되어 그녀의 몸에 모여들었다.

# 9.

대공이 지금의 나를 보면 아마 얼음 같은 얼굴로 냉소했을 거다.

'뭘 해 줘도 또다시 위험 속에 몸을 던져 버리는군.'이라고. '무슨 보물을 쥐여 줘도 남 좋은 일만 하는군.'이라고. '그래 가지고서는 영원히 드래곤 슬레이어는 못 만들겠군.'이라고.

어째서일까. 상처받을 걸 알면서도 그의 목소리가 듣고 싶었다.

왜 그의 독설이 듣고 싶은 걸까. 모르겠다, 이 느낌을…….

푸드득—

뭔가가 날아오르는 소리가 들렸다. 눈을 뜨니 나비 한 마리가 내 코 위에 앉아 있었다. 깜짝 놀랄 새도 없이 나비는 창밖으로 날아가 어딘가로 사라졌다.

탁, 탁, 탁—

소독약 냄새가 코를 찌른다.

"깨어났어?"

아리네스의 목소리다. 그녀의 새빨간 머리카락이 커튼 사이로 보였다.

"꼬맹이가 울면서 업고 오더라고. 응급처치를 잘했기에

망정이지 죽을 뻔했어."

얄미운 여자. 누구 때문에 이런 꼴을 당했는데 하여간.

그녀는 내게 따뜻한 머그컵을 내밀었다.

"미안해. 내 잘못이야. 이렇게까지 일이 번질 줄은 몰랐어."

진심을 담아 사과를 한다고 내 마음이 쉽게 풀어질 거라 생각하면 오산이다. 머그컵을 받아 천천히 들이킨다. 뭔가 맛이 이상하다.

"우유에다 뭘 탄 겁니까?"

"1000년 묵은 유니콘의 뿔을 갈아 넣었어."

"네?"

유니콘에게 있어 뿔은 모든 생명력이 응축된 곳이다. 그것도 천 년이나 살아남은 유니콘의 뿔이라니.

"먹어. 마력을 올려 줄 거야. 상처도 다 나을 거고."

"돈 주고도 못 구하는 거잖아요?"

아리네스는 그냥 웃기만 했다.

뭐 어쩔 수 없지. 벌써 한 모금 마셔 버렸고, 이미 갈아서 타 버린 거 재활용도 못 한다. 나는 천천히 우유를 모두 삼켰다.

유니콘의 뿔이 내 안으로 들어가는 게 느껴진다. 라우처럼 마력을 연공하거나 그럴 필요도 없었다.

내 몸에 마력은 이미 한 톨도 남아 있지 않았기 때문이다. 거기다가 생각 이상으로 내 몸과 상성이 잘 맞아서 처음부터 내 마력인 것처럼 심장을 타고 도도히 흘렀다.

"너랑 가장 잘 맞는 약재라고 생각했는데 맞았나 보네?"

"네. 단순히 갈아 넣은 정도로는 이렇게 흡수가 좋지 않을 텐데 무슨 마술을 부린 겁니까?"

"조금 손을 봤지. 내 전공 알잖아."

그녀는 검지로 입술을 눌렀다. 더 이상은 기밀인 모양이다.

"치~ 이걸로 용서해 줄 거라고 생각하지 마요."

"속인 거에 대한 보상은 차고 넘칠 정도로 했어. 몇십 년치 마력을 한 번에 먹은 셈이잖아?"

"그거야 그렇지만."

"그냥 그 꼬맹이 가르쳐 주고 올 줄 알았는데 반쯤 송장으로 돌아올 줄은 몰랐지. 계산이라는 거 하고 사는 거야?"

"제 잘못 때문에 죽을 뻔했잖아요."

아리네스는 손을 뻗어 내 머리카락을 쓸었다.

"그 아이 잘못이지. 그 애가 약해서 그런 걸 어쩌겠어? 적당히 겉핥기로 가르쳐주고 책만 집어 왔어도 됐잖아. 아니면 그냥 비련의 주인공처럼 어쩔 줄 몰라 하면서 후회로 울고 있으면 끝날 일이었잖아?"

나는 무릎을 껴안으려다가 격심한 통증에 비명을 질렀다. 아리네스는 뜨거운 물주머니를 내게 안겼다.

"너 지금 온몸이 걸레짝이야. 내가 원래 걸레라는 말은 성적일 때만 쓰는데 지금 네 몸은 학술적인 의미로 그냥 걸레야."

"처녀에게 말 참 예쁘게 하십니다!"

"근육이고 핏줄이고 상하지 않은 곳이 없었어. 원래라면 죽었어."

"……."

"손해 보고 사는 성격이라니까. 그래서 그런 네가 싫지 않은 거지만."

그녀는 한숨을 포옥 내쉬었다. 그러고는 내 머리를 툭 눌렀다.

"일단은 자. 전부 잊어버리고 잠자 둬. 아카넬 공작에게는 말해 놨어. 면회를 받을 수 있는 몸 상태가 되면 바로 올 거야."

그제야 나는 아주 기본적인 질문을 떠올렸다.

"여긴 어디죠?"

"성 알타미르 마법 연구소. 아, 기숙사에서는 저 녀석 시종이 갑자기 피를 토해서 옮겨 온 걸로 알고 있어. 그 부분은 걱정하지 마."

마법의 첨단이자 모든 지식의 집결지. 지식을 면도칼로 다듬는 곳.

한 달에 수백의 노예들을 끌고 와 생체 실험을 하는 곳. 그리고 그것으로 수백의 치료약과 수천의 독약을 만들어 내는 곳.

말로만 듣던 그 무시무시한 곳에 직접 들어오다니.

"그만큼 급한 상태였으니까."

"라우가 뭔가…… 응급조치라는 걸 했다지 않았어요?"

"말 그대로 목숨만 붙여 놓은 거지, 여기가 아니었으면 반신불수나 식물인간으로 살아야 했을 거야."

"그 정도로……."

"그래. 그 정도로 심각한 상황이었어."

어쩐지 그녀의 목소리가 작게 떨리는 것처럼 느껴지는 건 그냥 내 기분 탓일까?

"다시 자 둬."

그녀는 마법 등을 껐다.

두꺼운 커튼 사이로 빛이 들어왔다.

오전일까, 오후일까…… 아침일까, 노을일까.

내 안의 시간관념이 완전히 휘발되었다.

커튼을 열어 확인할 기력도 없으니 결국 침대에 누워 눈을 감을 수밖에.

다음번에 깨어날 때는 걸을 수 있었으면 좋겠다.


## 10.

아리네스는 내 피를 뽑아가서 뭔가 검사를 하기도 하고 마법 약을 먹이거나 주사를 넣거나 했다. 나는 그동안 자고, 또 자고, 또 잤다.

약 성분 때문인지 배가 고프진 않았다. 그렇게 얼마나 시간이 지났을까? 아리네스는 커튼을 열었다. 아침 햇살이 밀려들어 온다.

"이제 거의 회복된 거 같네. 슬슬 퇴원해도 돼. 첫 식사는 대공이 예약해 놨어. 보호자잖아."

"네, 네. 알겠습니다."

몸을 일으키려고 했지만 힘이 들어가지 않았다. 그녀가 내게 빨간색 알약을 내밀었다.

"먹어. 먹으면 움직일 수 있을 거야."

"이거 뭐죠?"

"마비 해독제."

"네, 네에에?"

그녀는 뭘 당연한 걸 놀라냐는 듯 대답했다.

"이렇게 안 해 놓으면 넌 걸을 수 있으니 퇴원하겠다고 병원 박차고 나갈 거잖아. 아예 다 나을 때까지 마비시켜 놨어."

"그래도 그건 너무하잖습니까!"

"그만큼 심각했다는 거야. 이 사고뭉치 아가씨야."

아무리 절대 안정이 필요하다고 하지만 환자를 마비시켜 놓고 다 나을 때까지 눕혀 놨다가 이제야 움직이라고 해독제 주는 건 대체 어느 나라 법이냔 말이다!

내가 '어이쿠, 감사합니다! 제가 누워 있으면 엉덩이에 뿔이 나는 병이 있는데 마비시켜 주셔서 고맙습니다요!' 라고 대답할 줄 알았어? 이 무서운 여자야!

그녀는 쿡쿡쿡 웃었다.

"자, 가 봐. 퇴원복은 여기 놔둘게. 시종들에게 옷 갈아입혀 달라고 부탁할까?"

"아뇨. 제가 입겠습니다."

그녀는 옷을 침대 위에 내려놓고는 내 머리를 쓸었다.

"나아 줘서 고마워. 걱정 많이 했어."

내 이마에 입술을 맞춘다. 정말 미워할 수 없는 아가씨다.

*11.*

옷을 입고 밖으로 나오니 평범한 흰색 복도가 펼쳐져 있었다. 복도 양옆에는 병실들이 줄지어 있었다. 미친 과학자의 실험실을 상상했는데 너무 평범해서 맥이 빠질 지경이다.

'실험실은 다른 곳에 있겠지?'

여기는 아마 평범하게 환자를 받는 병동일 거다. 연구소 본관은 다른 곳에 있을 거고.

안내인을 따라 입구로 나가니 마차가 준비되어 있었다. 지붕이 없는 마차다. 마차 안에는 엘이 앉아 있었다.

"안녕하십니까요. 레이디."

"대공과 식사 약속이라고 들었는데요. 댁이 아니라."

"어라, 안 반가워요?"

엘은 싱글싱글 웃으며 내 어깨에 손을 올려놓는다. 그의 긴 은발이 햇볕에 반짝인다. 신전에서나 보던 신상 같은 얼굴이다. 손가락으로 툭 건드리면 성스러운 빛이 나올 것만 같다. 그런 얼굴로 그는 방탕하게 웃었다.

"이래 보여도 옷도 제대로 갈아입고 왔다고요."

어쩐지 평소보다 어두운 톤이더라. 그냥 정장이라기보다는 세미 정장에 가까웠는데, 그에게 잘 어울렸다. 아니나 다를까 그가 마차 난간에 슬쩍 얼굴을 비쳤을 뿐인데 꺅 비명 소리가 울린다.

'과연 알타미르 최강 탕아.'

꽃 팔던 아이가 꽃을 팔다 말고 그의 얼굴만 쳐다본다. 엘은 미소와 함께 데이지 꽃을 사서 내게 건넸다.

"자요. 퇴원 선물 받아 줄 거죠?"

꽃을 받으려 하자 뭔가 생각이 났는지 목의 넥타이를 풀어 꽃다발에 장식했다.

갓 딴 데이지 꽃이 싱그러운 향을 만들었다.

"무슨 일이에요?"

"글쎄요. 평화 조약을 위한 한 걸음이랄까나."

대체 무슨 말을 하고 싶은 거야, 이 남자는.

나는 그저 잠자코 꽃을 받아 향을 맡았다. 엘이 말했다.

"대체 뭘 하면 남장을 하고 사관학교에 가서 제자를 들였다가 반신불수로 돌아오는 겁니까?"

"그거 아리네스 경이 가르쳐 준 겁니까?"

"출처는 비밀로 하죠. 뭐, 그래도 두 사람의 관계를 위해 그녀는 아니라고만 해 둘게요."

대체 누가 가르쳐 준 거야. 엘이 내 머리카락에 손을 넣었다. 평소라면 가볍게 쳐 냈겠지만 좁은 마차에 내 품에는 데이지 꽃이 한 다발 안겨 있다. 그의 긴 손가락이 내 두피를 부드럽게 쓸었다.

"죽을 뻔했다는 건 압니까, 카이 양?"

"알고 있어요. 하지만 그럴 만한 일이었으니까요."

"그 말은 '그럴 만한 일'이 생기면 당신은 계속 위험 속으로 달려가겠다는 말로 들리는군요."

정곡이다.

"저도 제 목숨을 함부로 버릴 생각은 없습니다."

"'함부로'든 '귀중하게'든 그게 중요한 게 아닙니다. 그냥 목숨은 버리면 안 되는 겁니다. 비슷한 위기가 온다고 해도 도망가야 해요."

맞는 말이다. 하지만 그때 그 아이의 목숨을 버렸어야 했던 걸까? 내 작은 실수 때문에 목숨을 잃을 상황인 그 소년을?

모르겠다.

당시 무언가를 생각하기도 전에 내 몸이 움직였으니까.

그런 일이 생기면 또다시 달려갈 거라는 엘의 말에 반박을 할 수 없었다.


## 12.

마차는 강가에 있는 한 레스토랑에 우리를 내려주었다. 푸른 지붕에 새하얗게 벽을 칠한 곳으로 딱 봐도 고급 레스토랑이다. 우리가 들어서자 지배인이 인사를 하고 안으로 들여보내 준다. 안에는 단 한 명의 손님도 없었다.

'전세 냈구만.'

그래, 그게 우리 공작님 스타일이시지. 대공은 테라스 쪽 강이 잘 보이는 테이블에 앉아 있었다. 평소보다는 가벼운 복장으로 책을 읽고 있었는데, 먼저 와서 기다린 지 좀 된 모양이다.

이 남자는 뭔가 사람을 긴장시키는 오오라가 있다. 나는 옷매무새를 가다듬었다. 엘이 대공을 향해 손을 흔들었다.

"여어, 오래 기다리셨습니까?"

대공은 책을 덮었다.

"이제 왔군."

"아가씨가 꽃단장하느라 늦어서 그래요."

무슨 소리. 댁이 중간에 마부에게 마차 좀 멈춰 달라, 지나가는 저 아가씨에게 이 꽃을 전해 달라 해 대서 이렇게 늦어진 거잖아.

내가 노려보자 엘은 나를 향해 에헤헤, 애교스러운 웃음을 날린다.

'하나도 안 통해, 이 남자야.'

뭐, 객관적으로 보면 쫌 귀엽긴 하다.

나와 엘이 자리에 앉자 웨이터가 전채 요리를 나른다. 토마토와 연어를 곁들인 샐러드다. 연어는 강에서 갓 잡았는지 비린내는커녕 특유의 좋은 향이 났다. 그 밑에 카망베르 치즈와 양상추, 각종 허브와 6가지 다른 종류의 토마토를 잘라 넣었고 드레싱은 레몬을 넣어서 만들었다.

'심하게 맛있네.'

병실에 있는 내내 제대로 된 음식을 못 먹어서인지 오랜만에 먹은 이 첫 요리가 이렇게 맛있을 수가 없었다. 그가 말했다.

"몸은?"

잘 지냈냐, 뭐하다 이제 왔냐, 오늘 날씨가 좋지 않냐, 이런 말도 없이 본론부터 꺼낸다. 그게 이 남자 스타일이지, 암.

"괜찮아요. 아리네스 경 말로는 전보다 나아졌다고 하더라고요."

"천 년 된 유니콘의 뿔을 먹였다곤 하더군."

"그것도 있고 왠지는 모르겠지만 그 전에도 마력 양이 늘어 있었어요. 리버를 만나서 물어보면 확실할 거 같은데… 음, 표정을 보니 안 보는 게 좋을 것 같긴 하네요. 아하하……."

생각이 짧았다. 둘은 나 기절한 사이에 죽이네 살리네 대판 싸운 사이 아니던가.

내 안의 이성이 내 뇌를 철썩철썩 때렸다. '미친년, 미친년!' 하면서.

정신 똑바로 차려야겠다.

샐러드를 다 먹기가 무섭게 이번에는 양고기를 가져왔다. 그냥 스테이크가 아니라 양고기와 각종 과일을 꼬치에 꽂아서 장작불에 구운 요리다. 그냥 구운 것도 아니고 한번 구워서 돌리고 양념을 바르고 다시 굽고 하면서 양고기살 하나하나까지 양념이 쫀득하게 배게 했다.

'우와. 고기가 입 안에서 녹아.'

그가 말을 이었다.

"마계에 다녀온 지 얼마 되지도 않았는데 이번에도 죽을 고비를 넘는군. 내가 만약 칼의 맹세를 철회하면 검을 다시 들 건가?"

고기에 곁들인 구운 파인애플을 아삭거리며 대답했다.

"아뇨. 주먹으로도 할 만하던데요."

"그래서 주먹으로 마족 하나 잡아 넘길 수 있던가?"

그, 그…건 아니다. 그때 마왕성에 있던 미니스커트 메이드 누님 하나도 못 이길 거다. 지난번에 보니까 구름 때문에 빨래가 안 마른다고 훌쩍이시더니 기공파로 하늘에 구멍을 뚫더만······.

그 위력으로 지상을 향해 날렸으면 산이 날아가고 성이 박살났을 거다.

나는 어디까지나 인간이고 인간 중에서 강한 축일 뿐이다.

"못 이기죠."

"대체 왜 이렇게 연약한 건가, 레이디 카이 알테리온 양. 연약하면 집에 잠자코 있든가."

"지금 맨손으로 철판을 부수고 발차기로 지붕을 날려 버리는 사람보고 연약하다고 하시는 겁니까?"

"그래서 마족 이기나? 맨손으로 폭포 가르나? 기공파로 산 날릴 수 있나?"

"······."

엘이 한술 더 뜬다.

"이거 보십시오. 이렇게 연약한 아가씨를 어떻게 놔둔단 말입니까."

"그래도 맨주먹으로 장정 백 명 정도는 넘길 수 있습니다!"

내 말에 엘이 대답했다.

"고작 백 명밖에 못 넘기잖습니까. 일당백이 아니라 일당천 정도는 해야죠. 사람이란 모름지기 혼자서 일개 대군을 격파해야 좀 자기 몸은 스스로 지킬 수 있구나, 할 수 있는 거 아닙니까."

억울하다.

이건 너무 억울하다. 매도다. 사기다. 말도 안 된다.

단순히 내가 맨손으로 폭포를 못 가르고 혼자서 장정 천 명을 못 넘겨서 이러는 게 아니다. 이건 인종, 아니 종족적 차별이다.

"대공이나 엘이 인간이 아니라는 건 대충 눈치는 챘습니다. 제가 나름대로 배려도 했잖습니까. 두 분에 대해 너무 캐내지도 않았고 두 분 정체에 대해서도 어디 말하고 다닌 적도 없습니다. 그런데 이건 너무하시지 않습니까. 이래 보여도 제자까지 둔 몸입니다."

왜 이래. 나 강하다고.

인간 중에서는 최상위급 전투력이라고.

맨손으로 강철 격파하고 날아오는 칼도 손칼로 토막 친다. 수 킬로미터 밖에서 쏜 화살도 알아채고 받아서 넘길 수 있다.

이걸 우리는 보통 '초인'이라고 부른다.

그렇지 않아도 사관학교의 애송이 하나 가르치면서 '사부는 대체 왜 이렇게 강한 거야!' 라는 한탄의 샤워를 받아 가며 살았는데 이곳에서는 대접이 왜 이렇단 말인가.

양고기 다음에는 메뉴를 고를 수 있게 배려했는데, 나는 치즈를 얹어 오븐에 구운 치킨 파스타를 골랐다. 여기까지 와서 가장 저렴한 메뉴를 고르기 아까웠지만 지금 이 순간 이걸 너무 먹고 싶었다.

파스타 위에는 치즈가 녹진하게 녹아 있었다. 치즈 안에는 크림이 끓고 있었는데 면은 크림을 먹기 좋게 납작한 면으로 했다.

면을 입술로 후루룩 빨았다. 느끼하기만 할 거라고 생각했는데 생각보다 뒷맛이 깔끔하다.

좋아. 이번에는 내가 역공할 차례다.

"그건 그렇고 두 사람 원래 사이 나쁘지 않았습니까? 이렇게 둘이서 보는 건 처음이네요."

엘이 말했다.

"지난번 일 때문에 휴전 협상을 했거든요. 당신을 강하게 단련시킬 때까지 힘을 합치기로요."

쿨럭, 쿨럭!

파스타 뱉을 뻔했다.

"네, 네에? 단련시켜요?"

"마계까지 날아가서 마왕까지 불러들이셨잖습니까. 이건 중간계 협정 위반이라고요. 이미 마족들과 접촉까지 하신 데다 바퀴벌레 같은 흑마법사 새끼한테 몸 하나 못 지킬 정도로 약하지 않습니까."

'바퀴벌레 같은 흑마법사 새끼'라면 리버를 말하는 것이리라. 이야아, 신랄하다.

아카넬이 말했다.

"제3 마계의 마왕에게 무기까지 만들어 줬더군. 그것도 기원을 담은 무기를 말이야. 덕분에 마계에서 소문이 파다하더군. 마왕급 무기를 만들어 줄 수 있는 계집이 중간계에 있다고 말이다."

"아, 그렇…군요."

"차원 간의 법칙이 지엄해서 놈들도 함부로 중간계에 올 수 없고, 또한 그 계집이 누군지는 밝혀지지 않았기 때문에 넌 살아 있는 거다. 모든 마족들이 그 앵속의 마왕처럼 신사적일 거라고 보나?"

"리버는……."

내 말을 아카넬이 가로막았다.

"처음 네게 무기를 만들도록 권한 것도 그 녀석이었지. 그리고 나를 마계로 유인한 것도 그 녀석이었고."

"마계까지 찾아오신 겁니까?"

내 질문에 아카넬은 대답하지 않았다.

다만 자신이 할 말을 이어 할 뿐이었다.

"흑마법사들은 사람을 조종하는 걸 즐겨하지."

엘이 와인을 흔들었다.

"이대로 가만히 있게 된다면 모든 것은 그 애송이의 생각대로 흘러가겠죠. 아니, 그 마왕님과 애송이라는 표현이 맞을까요?"

그래서 지금 키르카와 리버가 동맹이고, 엘과 아카넬이 동맹이라는 건가?

"그러면 넷이서 차원의 저어 끝에서 사이좋게 패싸움하시면 되지 않습니까? 깔끔하네요."

아카넬이 말했다.

"가끔은 어깨 위에 얹혀 있는 걸 사용하는 게 어떤가, 카이 알테리온 영애. 머리는 장식품이 아니다."

이 남자는 오늘도 독설로 사람 찔러 죽이는 법을 연마하고 계신다. 그가 덧붙여 말했다.

"그렇게 되면 그야말로 마신전쟁의 재현이다. 누구 하나가 죽는다고 '아, 그렇습니까. 약하니 어쩔 수 없네요.' 하고 끝날 것 같나? 우리는 각자 세력을 대표한다. 만약 그 흑마법사 애송이 하나였다면 차라리 처리가 쉬웠겠지만 제3 마왕까지 끌어들인 시점에서 일이 복잡해졌어."

리버가 잔머리 하나는 세계제일이지.

엘이 말했다.

"그래서 카이 양을 단련시키고자 합니다. 무슨 일이 일어나든 스스로의 몸을 지킬 수 있도록요."

"얼마만큼 강해지면 되나요?"

"대충 칼질로 산을 쪼개고 맨주먹으로 바다를 가르면 되겠네요."

어딘가의 데자뷔가 보인다. 나는 분명 이것과 비슷한 말을 라우에게 했다.

나뭇가지로 바위를 쪼개고 맨주먹으로 나무를 부러뜨리면 된다고 했다.

그런 내게 이 남자들은 지금 너는 너무 연약하니 칼로 산을 쪼개고 주먹으로 바다를 갈라 보라고 권유하고 있다.

"칼… 안 쓴다고 했는데요?"

"그러면 맨손으로 해 보시든가요."

파스타에서 종이를 씹는 맛이 났다. 그 맛있던 음식이 이제는 모래처럼 퍽퍽하게 느껴진다.

"언제부터 수련할 건데요?"

엘이 대답했다.

"생각 같아서는 지금 당장이라도 시키고 싶은 마음입니다만, 여자의 몸이라는 게 신경 쓰고 준비해야 할 게 많잖습니까. 딱 삼 일 드리겠습니다."

삼 일 안에 짐 다 싸 놓고 준비 다 하라는 뜻이었다. 대체 어떤 지옥 코스가 날 기다리고 있는 것일까.

엘이 와하하 웃었다.

"좋잖아요! 로맨스 소설에 보면 주인공이 꽃미남 둘이랑 다니잖아요. 이걸 이른바 '양 날개'라고 하죠? 단 셋이서 함께 여행이라고요."

"제가 아는 그 로맨스 어디에도 남자 둘이서 주인공에게 너는 연약하니 맨주먹으로 산을 쪼개고 바다를 갈라 보자고 시키는 구절 따위는 없습니다. 심지어 그 셋이서 하는 여행 중에 사랑의 유랑이란 단어는 있어도 지옥훈련이란 네 글자는 없다고요오."

아아, 울고 싶다. 아카넬이 포크를 흔들었다.

"네 녀석의 의견을 존중한 상태에서 네 녀석의 생명까지 지켜야 하는데 다른 방법이 있나? 미스 카이 알테리온 영애."

없다. 없다는 건 알고 있었다. 그는 이 상황에서도 나를 윽박지르거나 가두지 않았다. 그저 내 의견을 존중하는 한에서 최대한의 배려를 하는 셈이었다. 그런데 지옥훈련이라니.

이윽고 아카넬이 입술을 열었다. 윽, 또다시 독설이 쏟아질 거다. 벌써부터 심장이 조여 온다.

"이 세상에 너 하나밖에 없을 거다. 나를 이렇게까지 곤란하게 만드는 여자는."

그 말에 왠지 목이 막혀서 시선을 돌렸다.

와인을 한 모금도 마시지 않았는데 알코올이 귀까지 올라왔다.


# 13.

밤이 되자 나는 다시 남장을 하고 사관학교로 돌아갔다.

라우의 방에 도착하니 녀석이 기다렸다는 듯 의자에 앉아 있었다.

"와, 안 자고 있었네요."

"역시 살아 돌아왔네. 사부."

"결과는 확인해야죠. 책도 받아 와야 하고. 물론 제자님 손으로요. 당한 건 갚아 줘야 하니까."

내 말에 꼬맹이는 다리를 꼬았다.

"응, 그래. 당한 건 갚아 줘야지. 은혜는 두 배로, 원한은 백 배로 갚아 줘야 하는 거니까."

달 아래로 비치는 꼬맹이는 전과는 달라져 있었다.

체격이 좀 더 커진 것뿐만 아니라 머리카락도 허리 아래로 자랐다. 어두운 색 머리카락 끝에는 흰색에 가까운 연한 분홍색이 그라데이션처럼 들어가 있었다.

제3 마왕 키르카의 힘을 흡수한 탓에 머리카락 색도 영향이 간 모양이다.

'더 예뻐졌네.'

원래도 대단했던 미모가 이제는 인간인가 싶을 정도로 물이 올라 있다. 저 눈동자 색으로, 저 머리카락 빛으로 칼을 제련한다면 얼마나 아름다울까.

이제는 완연한 하이엘프의 미모다. 거기에 천사이자 마왕인 자의 힘이 더해지니 소년인데도 색기(色氣)가 감돌았다.

"사부는 나한테 뭘 먹인 거야?"

"음, 별건 아니고……."

그가 내 말을 가로막았다.

"제대로 말해. 부담이라거나 그런 생각 하지 말고. 내 몸에 생긴 문제야. 나중에 무슨 일이 생길 줄 어떻게 알아?"

나는 창틀 모서리에 엉덩이를 붙인 채 세로로 등을 기댔다. 다리 하나는 창밖으로, 다리 하나는 창 안으로.

아무래도 이야기가 길어질 것 같다.


이야기를 끝내고 나자 라우는 한참이나 말을 못 했다.

"마왕이라느니, 제3 마계라느니…… 너무 현실성이 없네."

"그렇게 말할 줄 알았습니다."

"하지만 내 몸을 보면 그 정도가 아니면 설명할 수 없을 정도로 변화했으니까. 음, 거기다가 자연과 가장 가까운 마왕이라면 내가 주술사의 힘을 되찾은 것도 설명이 되는 거고."

그가 손을 뻗자 빛으로 된 나비들이 모여들었다. 그가 '정령이야. 사부에게도 보일 수 있도록 했어.' 라고 말했다. 정령들은 그의 손을 따라 움직이더니 이윽고 내 주변으로 날아올랐다.

"이걸로 사부를 치료했어. 머릿속에서 이론만 알고 있던 거라 미숙했지만."

"충분히 훌륭했다고 아리네스 경이 칭찬했는걸요."

자책을 하는 것 같아 화제를 돌렸다.

"대자연에는 선악이 없으니까요. 힘의 근원은 비슷하니 하이 엘프의 힘을 일깨우는 데 도움이 된 걸 겁니다."

"천사였다는 게 더 말이 안 되네. 어쩐지 키르카엘이 성서에는 나오는데 언제부터인가 신전도 망해 가고 신탁도 안 내려오더라니."

현재 진행형인 신화라고나 할까.

이런 말을 하고는 있지만 정작 나도 실감이 잘 안 난다.

"사부."

"네?"

"당신 정말 손해 보는 성격이네. 대체 생판 모르는 성격 나쁜 꼬맹이에게 왜 그렇게까지 해 준 거야?"

와, 자기가 자기를 성격 나쁘다고 인정한다. 알긴 아는 모양이네. 그런데 이 녀석은 설마 자기가 어떤 미모인지 전혀 모르고 산 건가?

하긴 뭐, 여긴 남자만 있는 폐쇄적인 곳이고 오히려 계집 애 같은 얼굴이라고 맞기만 작살나게 쳐맞았을 테지만.

진짜로 자기 얼굴의 가치를 몰랐단 말이야?

"그러면 죽게 놔뒀어야 했다는 겁니까? 그렇지 않아도 아리네스 경에게 잔소리 잔뜩 듣고 왔습니다. 은인이라고 무릎 꿇어도 시원치 않은 판에."

입술을 비죽이자 꼬맹이는 나직하게 웃었다.

역시 모르는구나. 이 녀석은 자기 얼굴에 대해 전혀 모르고 있어.

이윽고 라우가 물었다.

"그때 왜 떠난 거야?"

"아, 참."

나는 가방에서 조그마한 원통형 팔찌를 꺼낸다.

팔찌의 보석을 만지자 미리 새겨 놓은 마법진이 발동한 다. 회로를 타고 마력이 움직이더니 팔찌는 봉의 모습으로 변한다.

"원래는 방랑사제들이 많이 사용하는데요, 이쪽으로 재능이 보여서 직접 만들어 왔습니다."

"마법 회로도 새길 줄 아는 거야?"

리버에게 어깨 너머로 배웠다. 중량까지 줄인다면 모를까, 그냥 단순히 모양 변형 정도라면 나도 만들 수 있다.

"이런 법봉류는 만드는 게 처음이라 기원은 담지 못했는데 그래도 어지간한 무기보다는 좋을걸요?"

그에게 봉을 던졌다. 그가 봉을 탁 받더니 손가락만으로 빙글빙글 돌렸다.

"기원?"

"그런 게 있습니다. 봉술은 쓸 줄 아십니까?"

그는 고개를 저었다.

"기초만 알고 있어. 창술이랑 비슷한 거지?"

"네. 음… 저 삼 일 후에 떠나야 하니까요, 이틀 안에 조금 가르쳐 주고 가겠습니다."

"그 기초도 사부 입장에서만 조금이겠지?"

그 말에 나는 어색하게 웃었다. 이제 정말 시간이 없었다. 달빛의 끝에서 그가 물었다.

"사부, 이름 가르쳐 줄래?"

"싫습니다."

"치사해. 아리네스 경도 안 가르쳐 주던데."

"사부라는 호칭으로 충분합니다."

그는 한참이나 입술을 삐죽이더니 이윽고 나직하게 속삭였다.

"사부가 여자인 건 알고 있어."

내가 쓰러진 걸 옮기다가 알게 된 모양이다. 내가 되물었다.

"그래서 뭔가 달라지던가요?"

"타고나길 약하게 타고났는데 그걸 극복했다는 말이 무슨 뜻인지 알 것 같았어."

나는 그의 머리를 쓰다듬었다. 그가 작게 뭔가 웅얼거렸지만 잘 들리지 않았다. 들을 생각도 없었고.

"자, 그러면 수련 시작하죠. 이제는 체력도 늘었으니 인정사정없이 다뤄 줄 겁니다?"

그는 내게 뭔가 말하려다가 이윽고 단념했다.

뭐가 그리 아쉬웠던 걸까. 아마 헤어짐이 아쉬워 그런 것이리라.


# 14.

검에는 재능이 없어도 봉술에는 소질이 있을 거라는 내 예측대로 그는 봉술에 있어서만은 나를 훨씬 상회하는 재능을 보였다. 그래서 당초 계획했던 기본기와 중급기 외에 상급 기술도 함께 가르쳤다.

봉술은 검과는 다르다.

검은 사람을 죽이는 데 목적이 있다면 봉은 제압하는 데 있다. 그렇기에 방랑 사제들이 즐겨 쓰는 무기다.

유려한 몸놀림과 현란한 연계기, 그리고 적절한 허초와 리듬감이 필요하다.

그럼에도 불구하고 마음은 냉정해야 한다.

몸놀림이나 연계기는 이미 인간의 움직임을 상회하는 마력을 갖게 되었으니 당연히 따라 주고, 허초와 리듬감은 타고났다. 검으로는 도무지 따라갈 수 없었던 리듬감이었는데 봉술을 사용하면서 정확하게 몸에 맞물리게 되었다. 봉은 언제나 검보다 한 박자 느리게 들어가는 게 좋으니까.

'이걸 재능이라고 하는 거겠지.'

거기다가 냉정한 판단력.

이 꼬맹이는 겉보기와 달리 꽤 머리가 차갑다.

오랫동안 육체적으로도 정신적으로 한계까지 몰렸다. 이성이 끊어져 자살까지 할 정도로 이 아이는 계속해서 벼랑으로, 벼랑으로 밀려왔다. 그게 트라우마와 함께 또 다른 자아를 낳았다.

정신 분열 같은 건 아니지만 아무리 화가 나도 한편으로 스스로를 냉정히 지켜보는 또 다른 자신이 있다고 한다. 그게 자신의 한계를 붙잡는다고 했다.

'타인의 기분에 따라 늘 당해야 했으니까. 그게 몇 년 동안 쌓이고 쌓여서 이런 뒤틀린 정신을 낳은 거겠지.'

전투에 도움이 된다. '몸은 뜨겁게, 머리는 차갑게'가 모든 무술에서 강조하는 진리 아닌가. 아무리 화가 나도 기세라는 걸 읽을 수 있게 된 거다.

그리고 자기 제어에 능숙해질 테니……

'남은 건 트라우마 극복이겠지.'

일 대 다수의 싸움에서는 몸이 굳을 거다.

아무리 강한 육체를 가졌다고 해도, 정신이 따라가지 못하면 무용지물.

'애초부터 자살까지 한 아이다. 자신의 밑바닥에서 헤엄치는 감각은 누구보다 잘 알 터.'

힘은 모든 것을 심플하게 만든다.

특히 아이의 세계는 더더욱 그렇다.

시간이 지나가고 내 기술을 습득해 갈수록 마지막이 다가온다는 걸 느꼈다.

마지막 당일, 소년은 괴롭히는 놈들을 향해 모래를 뿌렸다.

"이 새끼가아악!!"

덩치 하나가 그의 멱살을 붙잡는다.

라우는 순순히 잡혀 주는 척하더니 팔을 발로 차서 도망쳤다.

"저 새끼 잡아!"

덩치 일곱이 조그마한 소년을 잡으러 달려간다. 일곱 명 모두 소년을 가장 많이 괴롭혔던 놈들이었다.

원래라면 라우를 유인할 생각으로 녀석의 가보인 신록의 서까지 들고 왔는데 그게 오히려 호재가 되었다. 두 번 찾아갈 필요 없었으니까.

소년은 기숙사 뒤쪽 숲, 교수가 오지 않을 곳으로 점점 더 깊이 들어갔다.

'제대로 계산했네. 이동 루트까지 전부 계획해 놨어.'

나는 기척을 숨기고는 나뭇가지를 타고 그를 추적했다. 이윽고 완전히 인적이 사라지자 라우는 기다렸다는 듯 주동자 놈의 턱을 무릎으로 찍어 올렸다.

퍼억!

그 한 방에 코뼈가 부러진다.

"이 쓰레기 자식이!"

놈들이 주먹을 날린다.

라우의 몸이 한순간 굳는 걸 보았다.

트라우마, 여기서 반격해야 한다. 그러나 몇 년의 트라우마라는 게 쉽사리 없어지는 게 아니다.

빠각!

제대로 맞았다. 라우의 몸이 날아간다.

다행히 낙법을 취할 정신은 남아 있었는지 손바닥으로 땅을 붙잡고는 원숭이처럼 굴러 두 다리로 착지한다.

라우는 손등으로 입가에 난 피를 닦았다.

'힘내라. 오늘을 위해 싸웠잖아.'

두 주먹 불끈 쥐고 속으로 열심히 응원만 했다.

여기서 내가 개입한다면 이 녀석이 트라우마를 이겨 낼 기회는 두 번 다시 오지 않을 거다. 그때 라우가 중얼거렸다.

"안 아파."

"뭐?"

"뭐야, 이거? 안 아프잖아. 나는 X발 고작 이런 거에 무서워했던 거야?"

하하핫, 소년은 실성한 것처럼 그렇게 한참을 웃었다.

"미친놈."

덩치들은 어느새 소리를 듣고 모여들었다.

일곱 명 모두가 라우를 둘러싸고 린치할 준비를 한다.

"이거보다 훨씬 아픈 게 뭔지 알아?"

"뭔 소리 하는 거야? 개새끼가."

라우는 엄지로 자신의 심장을 가리킨다.

"여기가 더 아파. 믿었던 인간이 날 버릴 때가 훨씬 더 아파."

그 순간, 라우의 몸이 직선경으로 날아간다. 그의 팔꿈치가 놈의 명치를 찌른다. 급소, 덩치의 숨이 컥 막힌다. 라우는 그 자세에서 손을 들어 올려 손바닥으로 턱을 올려친다.

퍽하고 충격이 고스란히 뇌로 올라갔다. 아마 눈앞에 별이 보일 거다. 그러고는 마무리로 무릎차기를 날린다.

빠악!

100키로가 넘는 거구가 하늘을 난다.

"덤벼."

이제야 사태 파악이 됐는지 남은 여섯 명이 주춤거리더니 칼을 뽑아 들었다. 그 모습에 라우가 미친 사람처럼 웃었다.

"무기 쓰면 결투로 인정되는 거 알고 있지?"

"어디서 잔재주 좀 배워 온 모양인데, 개새끼야. 넌 어차피 내 신발 핥던 놈이야. 주제를 잊은 모양이네?"

오오, 근성 있어!

그래. 이 정도는 되어야 애 하나를 몇 년을 괴롭혀도 발 뻗고 잘 수 있는 악당으로 성장하는 거지……는 개뿔, 저 녀석들 가문은 쟤들이 저러고 사는지 알고 있는지나 모르겠다.

이러고 살다가 분명히 졸업해서 어디 기사단 하나 꿰차고는 레이디들 앞에서 번지르르한 정의의 용사인 척이나 하겠지. 그리고 귀족들에게 뇌물이나 받으면서 평민들 가판이나 부수고 불의를 모르는 척하며 살 거다.

'그게 현실이지.'

동화 속의 권선징악 같은 건 없다. 다만 한 소년의 복수가 있을 뿐이지.

라우는 팔찌를 풀더니 보석 부분을 툭툭 털었다.

팔찌는 2미터가량의 긴 봉으로 변했다.

"정당방위다?"

그 말을 신호로 놈들이 일제히 덤벼들었다.

'게임 끝이군.'


개처럼 팼다.

아주 그냥 개 패듯 사람을 팼다. 내가 팼어도 이렇게 잘 팼으리라고 장담 못 할 정도로 찰지게 패댔다. 몇 년간을 켜켜이 쌓여 온 설움이 폭발했다. 도망치는 놈들에게는 정령을 사용해 추적했다. 그러고는 끌고 와서 다시 팼다.

몸의 뼈란 뼈를 다 부러뜨렸다. 그러나 죽이지는 않았다.

그저 자신이 당했던 그 절망감, 그 몇 배를 돌려줄 생각인 모양이었다. 그러나 이미 놈들은 의식이 없는 상태고 이이상은 도가 지나치다 싶어 녀석의 팔을 붙잡았다.

"그만 두십시오. 더 이상 때리면 저 녀석들 평생 검을 못들 겁니다."

"그래서 뭐? 용서라도 해 주라고?"

"책은 이미 되찾았습니다. 그런 소리를 할 생각은 없지만 선을 넘어가면 저 녀석들 가문이 나설 겁니다. 더 이상애들 싸움이 아니게 돼요. 당신도 지켜야 할 사람들이 있잖습니까."

에버그린 가문이 이 많은 놈들의 집안과 싸울 수 있을 정도로 강한 가문이 아니다. 오히려 일대일로 붙어도 깨질 정도로 약하다. 애초부터 그래서 많고 많은 애들 중에 라우가찍힌 게 아닌가.

라우는 어금니를 으득 갈더니 되물었다.

"사부 이름."

"네?"

"이름 말해 주면 그만둘게."

소년은 뻔뻔하게도 내 이름을 팔면 더 때리지 않겠노라

선언하고 있다.

"누굴 위해서 한 충고인지 알고 계십니까? 정 그러시면 더 때리시든가요."

"거짓말. 말릴 거면서. 사부는 그런 성격이잖아."

"무슨 말을 하고 싶은 겁니까?"

그가 내 손목을 붙잡는다. 평소 녀석의 힘이라고는 믿기지 않을 만큼 단단한 아귀힘이었다.

소년은 나를 눈도 깜빡이지 않고 노려보았다.

"난 원래 뻔뻔해. 평생 갚아도 모자를 빚을 사부에게 얻었는데도 고맙다는 말 한 마디도 안 하는 놈이라는 거 알잖아? 이런 놈인 거."

기가 막혀 웃음이 나온다.

"그래서, 뭐요?"

"이름 내놔. 이대로 아름다운 이별이니 뭐니 하고 바람처럼 사라지는 그런 역할 허락 못 해."

참으로 뻔뻔한 제자일세.

이 녀석은 내 손목을 붙잡은 채로 보란 듯이 턱을 들었다.

"싫으면 평생 이러고 있든가."

기가 막혀서 웃음이 나온다.

그 고집과 철판에 나는 결국 백기를 던졌다.

"카이입니다."

"카이?"

"네, 카이 알테리온입니다. 이제 됐죠?"

그는 내 이름을 몇 번 반복하며 중얼거리더니 고개를 끄덕였다.

"응, 알았어. 사부, 다음번에 만날 때는 사부보다 더 강해져서 올 거야."

"불가능할 겁니다. 제게 산을 토막 치고 바다에 구멍을 뚫으러 가자는 괴생명체 둘이 있거든요?"

내 말에 녀석이 눈을 동그랗게 떴다.

"그놈들 남자야?"

"성별이 중요합니까?"

내 질문에 놈은 대답도 안 하고 지 할 말만 묻는다.

"사부, 나 두고 바람피우는 거야?"

"대체 무슨 문맥을 읽으면 그렇게 되는 겁니까. 저 이래 보여도 약혼한 몸입니다."

엄연히 말해 자유를 찾아 파혼 노력 중이지만 말이지.

"허락 못 해!"

"네, 네에? 무슨 자격으로요."

그렇게 뻔뻔하게 굴던 라우의 얼굴이 시뻘게졌다.

"제자의 자격으로 허락 못 해. 나 사부 제자 아니야? 나

아홉 번 절했잖아. 날 가지고 논 거야, 지금?"

"제… 제자 맞으시죠. 아홉 번 절했으니까. 구배지례도 마쳤잖습니까."

"사제의 인연이란 가족과 같은 인연이고 천금을 줘도 바꿀 수 없는 거라며?"

백합 같은 미모로 내게 사제의 정에 대해 말하고 있다. 저놈 성격을 생각하면 설득력이 없지만 하필 저 미모를 보고 있으니 또 맞는 소리 같다.

"그으…건 오래된 이야기고 요즘은 좀……."

"그러면 왜 나한테 절하라고 시켰어. 사부 지금 그런 거였어? 그거 장난으로 나한테 그런 짓 한 거야?"

그런 짓이라니. 누가 들으면 오해하겠다!

"아닙니다. 그럴 리가 없잖습니까."

"그래! 그러니까 나는 사부의 또 다른 가족이야. 그러니까 가족의 권한으로 그 결혼 반대다!"

아카넬 면전에서 직접 말해 보시지그래?

아니 그전에, 내가 왜 이 애송이의 페이스에 말려들어서는!

"아무튼 놔 주십시오. 이제 돌아가야 해요."

"다시 볼 거지? 난 사부 제자니까."

여기서 아니라고 하면 1. 날 가지고 논 거냐? 2. 내가 아홉 번 절했던 건 뭐였던 거냐…부터 순서대로 아까의 전철을 밟아야 할 거다. 지긋지긋한 건 둘째 치고라도 뭐랄까, 가볍게 시작한 인연임에도 이 아이가 싫지만은 않았다.

"언제가 될지 기약할 순 없지만 그래도 다시 뵙도록 하죠."

"그때는 내가 찾아갈 거야. 그리고…….'

라우는 뒷말을 잇지 못했다.

그저 잡고 있던 내 손을 놓아 주었을 뿐이다.

"그리고?"

"놓치지 않을 거야."

"어디 안 간다고 하지 않았잖습니까. 안 간다고요! 이름도 다 말했잖습니까!"

"그 뜻이 아니라! 아!! 빌어먹을! 아무튼 그놈이랑 결혼했단 봐! 제자 반대, 절대 반대! 결혼식 확 엎어 버릴 거야."

그러니까 그 말 아카넬 면전에서 댁이 해 보시라고요.

내가 나중에 다시 볼 때 삼자대면 하고 만다. 진짜로.

Chapter 3
달의 노래

## 1.

밖으로 나오니 리버가 있었다. 내가 나올 때까지 기다렸던 모양이다. 밖에는 아직 달이 드리웠고 소년의 그림자 역시 길게 늘어져 내 몸을 가렸다.

"누나, 나 기다렸어?"

그가 내게 손을 내밀었다. 무심코 붙잡으려다 아카넬의 말이 불현듯 떠올랐다.

'흑마법사들은 사람을 조종하는 걸 즐겨 하지.' 라고 했던 그 말대로, 내가 만약 이용당하고 있는 거라면. 단순히 무기를 만들어 주고 재료를 받겠다는 그 마음이, 그 노력이 리버에게 있어서 하나의 장기 말에 불과했다면…….

"마계에서 난리도 아니라면서요?"

나는 그를 어떻게 대해야 할까?

리버가 대답했다.

"덕분에 좀 바빠졌어. 하지만 괜찮을 거야. 누나는 안전할 거고. 누가 뭐래도 우리는 일심동체니까."

나는 그때 이후로 단 한 번도 팔찌를 빼지 않았다. 그렇기에 그의 손도 맞잡지 않았다.

리버가 말했다.

"평소와는 뭔가 다른 태도네. 내가 잘못한 거라도 있는 거야?"

"아니요. 별일 아닙니다."

"나랑 같이 가자, 누나."

리버는 나를 향한 손을 거두지 않았다. 왜일까. 지금 이 손을 붙잡으면 돌이킬 수 없을 것 같은 기분이 들었다.

"어디를 가는 거죠?"

"누나의 안전을 위해서, 그리고 우리의 미래를 위해서?"

"그런 두루뭉술한 대답으로는 갈 수 없습니다. 그리고 최근에 마력이 늘었더라고요. 뭔가 이유가 있는 겁니까?"

내 질문에 리버는 그냥 웃었다.

"날 의심하고 있는 거구나. 그 도마뱀 자식에게서 뭔가 들은 거야?"

"도마뱀이라면……?"

"모르는구나. 누나는 정말, 아무것도 몰라. 진짜 누나 편이 누군지도 몰라."

리버는 그제야 내게서 손을 거둔다.

"이상해. 옛날에는 늘 누나가 내 곁에 있었는데 지금은 누나의 마음을 읽을 수가 없어. 이렇게 나를 불안하게 할 거야?"

뭐라고 대답해야 할까. 대체 어떻게 마음을 전해야 할까. 지금이라도 이 팔찌를 빼면 무엇이든 전해질 거다. 하지만 그게 최선일까?

뭔가 말을 전하기도 전에 리버가 말했다.

"괜찮아. 그래도 누나가 날 미워하지 않는다는 건 마음을 읽지 않아도 알 수 있으니까. 그러니 잠시만 안녕, 그때까지 건강히."

그는 달 아래에서 연극처럼 과장된 인사를 건네고는 수백 마리의 까마귀로 변해 흩어진다.

'이것도 마법?'

기분 탓일까? 지난번보다 더 화려해지고 강력해졌다.

'잠시만 안녕이라고 했지.'

그 말은 곧 다시 찾아오겠다는 뜻이리라.


## 2.

가방 안에는 수련복과 간단한 생필품들을 넣었다. 창밖
에는 달이 새벽 볕에 부서지고 있었다. 청안이 짐 싸는 걸
도와주었다.

"마법 가방이라 많이 불편하진 않을 겁니다, 아가씨. 이
번에 좀 더 보강해서 무게도 가볍게 만들었거든요. 내부 면
적도 더 늘어났고요."

나는 청안이 없었다면 혼자서는 아무것도 못 했을 거다.
그만큼 내게 너무나도 고마운 존재다. 청안이 가방 입구를
끈으로 꽉 조였다.

"그래도 걱정입니다. 외간남자들 아닙니까? 저도 가야
하는 거 아닙니까?"

"가게를 버려둘 순 없잖아. 아무리 손님이 없더라도 열
기는 해야지."

"알았습니다, 아가씨. 대신 몸조심해 주세요. 아셨죠?
아무리 강하다고 해도 아가씨는 아가씨입니다. 끼니 거르
지 마시고 차가운 데 앉지 마시고 몸 소중히 해 주세요."

헤헤헤, 그 말에 가슴 한편이 따뜻해진다. 청안은 천사다. 우리 천사님을 꽉 끌어안고 짧은 작별 인사를 했다.

밖으로 나오니 뇨롱이가 날개를 환히 펼치며 나를 반겼다.

"준비되었나요?"

그의 질문에 나도 같은 질문으로 답했다.

"아카넬 대공은요?"

"그분은 먼저 도착해서 준비하고 계십니다. 지옥훈련이잖아요?"

대체 얼마나 대단한 지옥훈련을 하기에 준비씩이나 하고 있는지 두렵다. 나는 엘의 손을 붙잡고 뇨롱이 위에 올라갔다.

청안이 소리 지른다.

"아가씨! 힘드시면 언제든지 돌아오셔야 합니다! 무리하지 마시고요!"

난 청안이 없으면 하루도 못 살 거다.


뇨롱이는 빠른 속도로 지평선 밖으로 날아갔다. 전에는 중간에 섬에서 쉬기라도 했는데 이제는 그럴 생각도 없는지 이틀을 내리 날았다.

이 상공에서 바닷바람 맞아가면서 날고 있으니 죽을 맛

이다. 그나마 엘이 방한 마법이 걸려 있는 로브를 던져 줘서 살았다. 끼니도 위에서 도시락으로 때우고, 잠도 위에서 자야 하는 상황이다 보니 없던 멀미마저 생길 즈음 지평선 끝에 무언가가 보였다.

'섬?'

그냥 섬이라고 하기에는 이상한 게, 바다에서 약 2,000미터 정도 공중에 솟아 있었다. 누군가가 섬 하나를 통째로 뜯어서 바닷물째로 위에 올려놓으면 이런 모습이 될 거 같았다.

"자연적으로 생긴 섬은 아닌 거 같은데요?"

부유석이라고 바위나 산 같은 게 허공에 떠 있는 경우는 가끔 있다고 한다. 하지만 바닷물과 함께 통째로 떠 있는 예는 들어 본 적이 없다.

섬 주변에는 바닷물들이 폭포가 되어 지상으로 떨어진다.

원래 이렇게 많은 물들이 쏟아져 내리면 섬은 물 한 방울 남지 않아야 옳다. 그러나 이 거대한 바닷물 폭포를 만들어 내면서도 물은 조금도 줄지 않았다.

엘이 대답했다.

"물의 근원이니까요."

"네?"

"이 세상의 모든 물이 시작하는 곳이죠. 보통은 절대 들어올 수 없는 성지입니다. 이 세계가 멸망한다고 해도 물의 성지만 보존된다면 생명은 언제든지 번창할 수 있거든요."

이런 이야기는 성서에서도 읽어 본 적 없었다.

엘이 내 이마를 쿡 누른다.

"너무 주눅 들지 마세요. 인간이 알고 있는 지식은 아주 일부일 뿐이니까요."

뇨롱이는 엘의 지시에 따라 해변에 부드럽게 착지했다.

해변에는 새하얀 모래가 별처럼 깔려 있었다. 아니, 모래 하나하나가 별이었다. 마치 별 사탕처럼 모래가 깎여 있었다.

"이곳은 다른 지역과는 다른 생태계를 갖고 있습니다. 나무도, 풀도, 바위도 다른 모습이죠."

신기했다. 그러고 보니 바닷가면 으레 나야 할 짠 냄새가 이곳에서는 나지 않았다. 오히려 계곡에서 나는 특유의 숲 향기가 났다.

문득 해변 저쪽에서 작은 신수가 걸어왔다.

"손님이 온다 하기에 왔더니 하나는 기둥이고, 다른 하나는 검이로구나."

늙은 은행나무가 바람에 흔들린다면 이런 목소리가 나올까. 그녀는 지팡이를 짚고 걸어왔다. 그러고는 주름이 자글

자글한 손으로 내 손을 붙잡았다.

"네년은 칼 그 자체구나. 사내놈들이 죽고 못 사는 게 칼과 여자인데 네년은 칼이면서도 여인이기까지 하니 남난(男難)이 끊이지 않을 상이로다. 기구한지고, 기구한지고. 무릇 여아라면 밭에서 사람을 낳아야 할진대 네년의 밭에서는 사람을 죽이는 도구밖에 잉태되지 않는구나. 쯧쯧쯧."

그녀는 나를 올려다보았다. 호박색 눈동자가 오래된 화석을 떠올리게 했다. 그녀는 이윽고 엘을 바라보았다.

"네놈은 새장으로 돌아갈 것이지 왜 밖으로 나왔누."

엘이 그녀를 향해 정중하게 인사했다.

"아직 살아계셨군요. 맥 할머니."

"네놈도 이 칼날계집에게 홀려서 온 게냐. 뭐, 틀린 말은 아니로군. 네 오랜 속박은 이 계집이 끊어 줄 터이니."

그 말에 엘의 눈이 커졌다.

처음이었다. 이 남자가 그토록 동요하는 모습은.

단 한마디도 입 밖으로 내지 않았지만 이 남자가 평소와 다르다는 건 누구라도 알 수 있었다. 그도 그럴 것이 그는 여태까지 보인 적 없는 표정을 짓고 있었다. 놀람과 기쁨, 하지만 기묘한 절망이 섞인 고독도 배어나왔다.

그녀가 혀를 찼다.

"하지만 멀었어, 꼬맹이. 이 계집의 운명만큼이나 네 운명도 뒤틀려 있으니. 네 업은 짊어지는 데 있다, 꼬맹아. 네놈이 인간의 형상을 선택한 후로 평생 누군가를 위해 짊어져야 하는 게 네 업이야. 그리고……."

그녀가 내 손을 바짝 잡아당겼다. 그러고는 내 뺨을 손으로 쭉 잡아당긴다.

"칼은 사람을 선택하지 않아. 사람이 칼을 선택하지. 그리고 명검일수록 무슨 짓을 해도 갖고 싶은 게 사내의 정념 아니겠느냐."

볼 좀 그만 당기세요, 할머니. 아프다고요. 겁나게 아파.


3.

이 할머니의 이름은 맥이다.

엘의 말로는 물의 근원을 지키는 일족의 우두머리이자 이 세계에서 가장 오래된 신수라고 했다. 신수는 인간이 있기 전부터 존재해 왔다는 이야기가 있는데, 그렇다면 대체 얼마나 오래 산 존재인지 상상도 하기 힘들다.

하는 일이라고는 일족을 올바른 길로 인도하고, 물의 근원을 관리하는 일 정도. 그리고 가끔씩 예언 비슷한 것을 하는데 단 한 번도 틀린 적 없이 모두 맞는다고 한다.

나무로 만든 정자에 도착하니 아카넬이 차를 마시고 있었다.

"왔군."

맥 할머니가 그런 아카넬의 등을 지팡이로 철썩 때렸다.

"네놈은 골라도 저런 계집을 골라 왔느냐. 많고 많은 자들 중에서 왜 하필 저런 계집이야?"

"어쩔 수 없더군. 저 계집의 아비가 내게 검집이 되어 달라 부탁했으니."

세상에 아카넬을 때리고 무사하다니. 이 할머니 역시 뭔가 장난이 아니다.

할머니는 나를 슬쩍 보았다.

"흠, 검집? 곧 이 계집은 모든 것을 잃고 본인마저도 죽을 텐데?"

살벌한 말씀을 하신다. 나는 뺨을 긁적였다.

할머니는 그런 내 손등을 철썩철썩 때렸다.

"아야, 아야, 아야! 왜 때리세요."

"판판한 면상을 보고 있자니 속 터져서 그런다. 네년은 곧 죽을 거다. 네 소중한 자들과 가족을 모두 잃고, 꿈 하나 이루지 못하고 죽을 게야. 칼날계집아."

"그거 예언인가요?"

"예언까지 갈 거 없다. 네 꼴을 보자니 뻔하지 않느냐. 그런 능력을 가지고, 그런 능력을 알려 놓고 결국 지킬 힘이 없으니 결과는 불 보듯 뻔하지 않느냐."

"그 힘이 없다는 게 제가 맨손으로 산을 못 자르고 바다를 못 갈라서 그러는 겁니까아?"

"마계에서 네년 소문이 얼마나 파다한지 아누?"

내가 그걸 어떻게 알아. 나는 만들어 달래서 만들어 준 죄밖에 없다.

"그러면 어떻게 막을 수 있는데요?"

"……."

내 질문에 그녀는 나를 빤히 바라보았다.

마치 내 옷 속, 살갗 안에 숨 쉬고 있는 무언가까지 읽는 눈초리였다. 그녀가 중얼거렸다.

"검은 놈, 네놈이 왜 이 아이의 검을 금지했는지 알 것 같군."

아카넬이 대답했다.

"이곳에서는 아카넬이라고 부른다."

"재앙이군, 재앙이야. 피 한 톨까지 검으로 된 계집이야. 어찌하여 알테리온가의 태내에서 이런 계집이 태어난 게지? 아니, 이마저도 필연인가."

그녀는 혀를 찼다. 그러고는 이윽고 아카넬에게 되물었다.

"영원히 검을 쓰지 않고 이 계집이 죽게 놔두면 안 되나? 어차피 네놈에게는 인간 따위 1년 후에 죽나 100년 후에 죽나 같은 시간 아닌가."

"마음이 변했다. 올드 레이디."

맥은 작게 한숨을 쉬었다. 그러고는 내 뺨을 찰싹찰싹 때렸다.

"칼을 들어라, 계집아. 살고 싶다면 칼을 들어. 칼이 칼로 돌아가는 것뿐 아니더냐. 네 알량한 맹세 따위가 너와 네 가족, 그리고 소중한 사람들의 생명보다 소중하더냐."

뺨보다 심장이 더 아팠기에 나는 끝내 대답할 수 없었다.

### 4.

일족의 우두머리라고는 하지만 이곳에 신수만이 있는 건 아니었다. 아니, 정확하게 말하면 이곳에는 소수의 하이 엘프들도 존재하고 있다.

보통 정령신의 혈족을 '엘프'라고 부른다. 엘프는 고대 그들의 언어로 스스로를 '알브'라고 불렀다. 알브는 '사람'이라는 뜻이다. 그게 인간의 발음으로 엘프라고 변형되었다. 인간이라는 뜻이 사람이듯이 알브도 결국 같은 뜻인

걸 봐서는 다들 자기들만 사람이고 나머지는 그냥 유사 인류 취급한다.

옛날에는 인간과 엘프 모두 서로를 증오하며 싸웠다고 하는데 지금은 엘프의 수가 줄어 그 전쟁도 역사 속에 잊혔다.

엘프는 귀가 길고 뾰족하며 마른 체형에 키가 큰 편이다. 정령신의 후손답게 자연을 벗 삼아 살며 수명은 천 년을 넘게 산다고 한다. 이중에서도 정령신과 가까운 직계 혈족들을 '하이 엘프'라고 부른다.

내 제자로 들어앉은 라우의 선조라고 할 수 있다.

워낙 희귀한 존재인 데다가 신에 가장 가까운 혈통이라고도 불리지만 그 숫자가 극히 적고, 역사서를 뒤져 봐도 거의 나오질 않아서 베일에 싸여 있다.

내가 있는 이곳이 바로 하이 엘프들이 모여 있는 사원이다.

연하늘색 머리칼의 청년이 내게 합장했다.

"알—렌샤드. 신록의 가호가 함께하시기를."

인간의 입으로 발음하기 어렵다. 어린 소년이 어색하게 웃었다.

"여기 언어로 건강과 안녕을 뜻합니다. 레이디 알테리온."

음, 잘생겼다. 라우가 색기가 오른 미모라면 이곳 하이 엘프는 그것보다 좀 더 금욕적이다.

어느 쪽이 더 잘생겼냐면 너무 막상막하라 고르기 어렵다.

아카넬과 엘은 맥과 좀 더 대화하기 위해 남았고, 나만 홀로 잘자리를 찾아 안내받고 있다. 나무로 만든 숲의 신전 속에서 이 청년은 뭐랄까, 기이하게도 고요했다.

의당 청년이 가져야 할 패기나 감정의 기복 같은 것은 전혀 느껴지지 않았고 목소리는 강처럼 고아했다.

마치 그의 자세 하나하나가 오래된 고목나무와 닮아 있었다.

"성함이 어떻게 되시죠?"

"이곳에서는 이름은 의미가 없습니다만 레이디 알테리온, 에녹이라고 부릅니다. 엘프어로 '공허'라는 뜻이지요."

"이름이 의미가 없다는 게 무슨 뜻인가요?"

내 질문에 그가 대답했다.

"모든 수호자들은 정해진 이름을 물려받습니다. 그 전의 이름은 모두 사라지는 셈이죠. 제가 선대에게 물려받은 이름은 '에녹'입니다. 아마 제가 죽거나 이 일을 더 이상 할 수 없을 때에 제 후임자에게 '에녹'이라는 이름을 물려주게 되겠지요."

"그러면 에녹이라고 불리기 전에 있었던 당신의 이름은

뭐죠?"

내 질문에 그는 합장했다.

"사라진 이름을 어찌 답하오리까. 그저 이곳에서는 에녹이면 족한 것을."

이름이라는 것 그 자체가 하나의 소임을 뜻하는 모양이다. '에녹'이 죽으면 다음 대의 후계자가 '에녹'이 되고, 이름을 계속해서 물려받는다.

자신이라는 개체가 모호해진다. 에녹이 대답했다.

"레이디 알테리온의 아버지가 왔다 가신 지 족히 수년은 되었습니다만 그 따님을 또다시 뵙게 될 줄은 몰랐습니다. 알─렌샤드, 이것 또한 높은 자리의 별께서 정하시는 것이겠죠."

"제 아버지를 아시나요?"

"네, 세계를 구한다 하시더군요. 이곳에 오신 지 하루도 지나지 않아 도로 가셨습니다."

언제나 그렇다. 아버지는 늘 세계를 구하지. 그 말이 거짓이 아님을 알기에 탓하지 않지만 늘 혼자 집을 지키시는 어머니를 생각하니 가슴 한편이 아파왔다.

"그렇군요."

그는 앞장서서 복도를 걸어갔다. 복도 너머로 보이는 창밖으로 푸른 나무 그림자가 빛 사이를 유영했다.

"덕분에 인간이 이리 오랫동안 왔다 가는 건 정말 오랜 만이지요."

복도를 가로질러 계단을 넘어 올라간다. 이곳은 대체 내부가 어떻게 생겨 먹었는지 무슨 미로 같다. 이윽고 세 번째 통로를 꺾어 들어가는데 연녹색 머리칼의 미청년과 마주쳤다.

"에녹. 손님인가?"

목소리에 불만이 서려 있는 걸 봐서는 하이 엘프들이 다 에녹 같은 성격은 아닌 모양이다.

"알—렌샤드."

에녹의 인사에 그 청년도 뚱한 표정으로 대답했다.

"알렌샤."

그제야 에녹은 만족했는지 입술을 열었다.

"네, 맥 님께서 허락하셨지요. 꽤 마음에 드신 모양입니다."

"마음에 안 드는군. 어째서 인간 따위에게 이 성역을 허락한 게지? 지난번의 그 인간 놈도 입구에서 돌려보내지 않았던가?"

그 '인간 놈'은 아무래도 내 아버지가 분명하다. 대체 뭐하고 사시는 걸까, 우리 아버지는.

에녹이 대답했다.

"맥 님의 말에 따르면 이 여인은 인간이 아니라 칼이라고 하였습니다."

"칼? 칼이라? 보통 사람에게 사물을 빗대어 말하는 일은 드문 일일 텐데?"

남자가 삐딱한 눈으로 나를 바라본다. 에녹이 덧붙여 말했다.

"덧붙여 '별을 삼키는 드래곤' 께서 직접 이 여인을 데려왔습니다."

이쯤 되면 슬슬 이 대화가 암호로 느껴진다. 이렇게 된 이상 솔직하게 그냥 직구를 던지기로 했다. 민망함을 무릅쓰고 손을 들었다.

"저기, 별을 삼키는 드래곤이 누구죠?"

내 질문에 청년뿐만 아니라 에녹까지도 벙 찐 표정으로 말했다.

"모, 모르셨습니까? 별을 삼키는 드래곤이라고 불리고 별을 부수는 드래곤이라고도 불리며 깊은 어둠이자 높은 어둠이라 불리는 그분을?"

"바보군. 인간답게 바보야."

청년이 허리를 숙이고는 코를 검지로 쿡 찔렀다.

"블랙 드래곤 아크란을 뜻하는 별명 아니더냐. 네놈과 같이 온 그 검은 머리칼의 사내."

"음, 어… 그러니까, 아카넬 대공이 드래곤이라고요?"

내 멍청한 질문에 두 엘프가 한심한 듯이 나를 바라보았다.

"……."

연녹색 머리칼의 청년이 말했다.

"바보인가? 네놈은."

에녹이 그런 청년의 팔을 거둔다.

"진정하시지요. 하룬."

하룬이라는 이름이구나. 그 와중에도 나는 멍하니 생각했다. 하룬이 내게 같잖다는 듯 말했다.

"이곳은 물의 근원이다. 모든 물이 시작되는 곳이자 모든 생명의 방주지. 그와 동시에 아크 드래곤들의 학교이기도 하다. 아크 드래곤들은 신에 가까운 존재이기에 그들을 가르칠 수 있는 존재는 드물다. 유일하게 이곳에서, 우리 하이 엘프들만이 가능하지. 블랙 드래곤 아크란은 이곳에서 자라서 이곳에서 배웠다. 그의 검술 하나, 마법 하나까지 우리 손을 거쳤다, 꼬맹이."

그 말에 나는 한참이나, 한참이나 생각하다가 다시 물었다.

"그러니까 아카넬 대공이 블랙드래곤 아크란이라고요?"

"……."

지금 얼마나 멍청해 보이는지 나도 알고 있다. 하지만 이 말밖에 안 나오는 걸 어쩌라고?


## 5.

아크 드래곤, 용신, 신룡.

와이번을 비롯한 모든 드래곤들의 창조주라고도 불린다. 신화에 따르면 마법의 종족으로 용언을 사용해서 신과 같은 권능을 지닌다고 했다. 브레스 한 방에 산이나 호수를 증발시키기도 하고, 나라 하나를 통째로 날려 버릴 수도 있다고 한다.

그런 불멸의 존재 앞에서 인간은 한낱 먼지만도 못한 존재다.

그들을 죽이려면 드래곤 슬레이어가 필요하다. 그러나 그 드래곤 슬레이어도 기본적으로 용의 뼈가 있어야만 가능하다. 인간의 의지와 극한의 살의를 압축한 검이 아니면 자기보다 우월한 존재를 상처 입힐 수 없다.

드래곤은 인간의 모습으로 변신해서 인간 속에 섞여 살곤 하는데 그걸 '유희'라고 부른다. 만 년이 넘는 삶을 살기에 시간은 너무나도 멀다. 그렇기에 조금이라도 그 지루

함을 없애고자 인간의 모습으로 변해 모험을 즐기거나 백
년이고 천 년이고 줄창 잠을 자면서 보내거나 한단다.

그들에게 있어 인간은 '장난감'이며 지루해지면 쓰다 버
리는 존재들이다. 진실된 사랑은 같은 드래곤들끼리만 나
눈다. 그도 그렇지 않나. 인간이 어찌 돼지와 사랑할 수 있
을까. 용에게 있어 인간은 돼지와 동급, 어쩌면 그 이하의
하등한 존재니까.

나는 침대에 누워서 한참이나 헛웃음을 내뱉었다.

"와, 이거 동화 같아."

동화 속의 드래곤들은 늘 공주님을 납치하던데 말이다.
동화와 현실이 다르기는 한 모양이다. 나는 공주도 아니고,
그렇다고 아카넬은 고집이 센 걸 제외하면 그렇게 악룡도
아니니까 말이다. 그리고 내 인생을 구해 줄 용사님이 나타
나는 것도 아니고 말이지.

'그럴 거면 왜 드래곤 슬레이어를 만들어 달라 한 거지?'

죽고 싶기라도 한 걸까? 왜 구태여 자기를 죽일 수 있는
검을 내게 부탁한 걸까.

이게 차라리 유랑극단의 연극 속이었다면 이 사실이 좀
더 드라마틱한 순간에 더 멋지게 밝혀졌을지도 모른다. 그
러나 그런 순수를 흔들기에는 그도 나도 너무 멀리 가 버린
느낌이다.

"아버지랑 결혼하기로 약조했다고 했지."

그렇다면 아버지는 뭔가 알고 있는 걸까. 그의 정체를 알고 결혼을 시킨 걸까.

"하하하, 여태껏 숨긴 거네."

그가 평범한 인간과는 다른 존재라는 건 내심 짐작은 하고 있었다. 그러나 거기에는 뭔가 피치 못할 사정이 있겠거니 생각했다.

"하필 '유희' 라니……."

인간으로서 놀기 위해 숨긴 거였다. 결혼도 내기도 그 앞에서는 그냥 장난이고 놀이였던 거다. 그냥 영원을 살아가기 위해서 지루함을 달랠 그런 놀이.

"하긴 높으신 드래곤 나리 앞에서 인간 따위 한낱 하루살이겠지만……."

나는 뭘 기대한 걸까.

흔한 정략결혼이다. 귀족가의 흔하디흔한 결혼 생활일 뿐이다. 그리고 용신님의 유희거리지. 백 년도 못 사는 존재 따위에게 그가 진실을 말하는 모습을 기대했던 걸까.

"바보 같네."

이럴 줄 알았으면 그때 리버의 손을 붙잡았으면 좋았을 걸 그랬나.

키르카가 마왕이라는 걸 숨기고 내게 접근했다면 뭔가

지금처럼 가슴이 아팠을까? 똑같을 거라고 말하고 싶었지만 심장 한편이 그건 아니라고 속삭였다. 그래서 그런 거라고, 그이기에 아픈 거라고.

"아니야. 똑같아. 똑같을 거야."

억지로 부정한다. 그러기에는 그가 이마에 입 맞추어 주었던 곳이 벚꽃처럼 따뜻했다.

나는 인간이다. 백 년도 못 살아갈 인간.

어느 용신님의 유희거리이자 정략결혼 상대.

'괜찮아. 괜찮아.'

왜일까. 자꾸만 마음이 흘러나온다. 아무래도 상관없는 일 아닌가. 신경 쓸 일 없지 않던가.

'아직 괜찮아. 나는 괜찮아.'

그저 스스로를 다독인다. 양팔로 나 자신을 끌어안고 몸을 힘껏 웅크린다. 가슴의 텅 빈 공간을 그렇게 채워 간다.

그에게 나는 그저 그런 존재라면, 한낱 봄눈처럼 녹아 없어질 그런 존재라면.

'상처 하나라도 남기고 싶어.'

그러면 나 때문에 조금은 아파해 줄까.

# 6.

새벽, 노크 소리에 일어나니 하룬이 내게 옷을 던졌다.

"입어라. 인간."

그러고는 매정하게 문을 쿵 닫고 나가 버렸다. 고마웠다. 어제 일 때문에 눈이 좀 부어 있었는데 괜히 어설프게 배려했다면 더 힘들어졌을 거다.

옷을 펼쳐 보니 푸른색의 수련복이었다.

어떤 옷감을 썼는지 모르겠는데 표면이 무척이나 부드럽고 통풍이 잘되었다. 얇고 가벼워서 옷을 입은 것 같지도 않았다. 그런데도 속살이 비치지 않는 게 신기했다.

옷은 내 몸에 딱 맞았다.

소매 끝을 보니 수선한 흔적이 있었는데 간밤에 누가 손을 봐 준 모양이다.

단추 하나까지 전부 잠그고는 끈으로 허리를 조인다.

마지막으로 머리를 가지런히 묶어서 틀어 올렸다.

"많이 붓진 않았네."

걱정한 것보다는 눈가가 괜찮다. 그래도 혹시나 들킬까 싶어 몇 번 더 차가운 물로 얼굴을 훔친다. 작은 붓기까지 완전히 가시는 걸 확인하고는 곧장 밖으로 나왔다. 문 앞에는 하룬이 서 있었다.

"흥, 인간 계집은 굼뜨다는 말이 사실이군."

반박할 기운도 안 난다. 대답도 없이 그냥 그를 멀뚱히 바라보았다. 그는 내게 턱짓했다.

"따라와라."

나무로 이어진 복도를 지나 밖으로 나오니 숲이 펼쳐져 있었다. 정확히 말하면 내가 머물고 있는 이곳 자체가 숲 한복판에 있는 셈이지만.

그가 물었다.

"숲은 달릴 줄 아나?"

"조금은요."

"기초는 있는 모양이군. 허나 그동안 배웠던 건 잊어라. 지금부터 배울 것은 신록을 타고 달리는 방법이야. 발 움푹한 곳으로 나뭇가지의 탄력을 밟는다고 생각해. 이 숲의 끝이자 산 정상까지 올라가면 첫 번째 수업이 끝난다."

"수업?"

내 말이 끝나기도 전에 그가 몸을 날렸다. 가볍게 나뭇가지를 붙잡고는 한순간 사라진다. 이대로 미아가 될 수는 없기에 그를 쫓아 나 역시 몸을 날린다. 이래 보여도 유연성과 탄력성은 카녹보다도 자신 있다. 흡사 철봉 운동을 하듯 나뭇가지를 붙잡고는 몸을 한 바퀴 굴린다. 그렇게 원심력을 이용해 몸을 튕긴다.

툥!

이곳의 나무는 지상에 있는 나무들보다 크고 탄력 있다. 그를 따라 8미터 높이까지 몸을 솟구친다.

하룬의 연녹색 머리카락이 흩어졌다가 그림자 속으로 사라진다.

나뭇잎 아래로 아침 볕이 쏟아진다. 내 최고 속도를 내 보지만 그의 몸이 점점 멀어진다.

'이대로면 놓친다!'

그때 내 뒤에서 에녹이 나타난다.

"알—렌샤드, 물의 은혜가 함께하길."

그가 내 허리를 낚아챈다. 전속력으로 달리고 있었는데 균형이 확 흔들린다. 그는 가는 팔로 아무렇지도 않게 나를 받쳐 안는다.

"맥님께서는 당신을 칼이라 하셨죠. 그 말대로 아직은 몸이 굳어 있군요. 걸음에 살의가 느껴져요."

"보법이란 보통 적을 베거나 적에게서 빠르게 도망치기 위해 있는 것 아닙니까?"

"그래서는 자유로울 수가 없죠. 제 다리를 보고 계시는 군요."

"네, 아무래도 배워야 하니까요."

내 말에 에녹의 눈가가 부드럽게 휘어진다.

"알렌샤, 보는 것은 아무래도 상관없는 일이지요. 눈을 감아 주시길, 그리고 자유를 느끼세요."

그의 말대로 나는 눈을 감았다. 그가 내 손을 붙잡아 자신의 심장께에 가져다 댔다. 그의 맥박이 움직인다. 기이하게도 이렇게 빨리 달리고 있는데 심장은 전혀 흥분하지 않았다. 보통 사람보다도 느린 박동으로 울었다. 이렇게 강하게 달리는데 그의 관절은 삐걱거리는 소리 하나 들리지 않았다.

'아, 그렇구나. 발을 박차는 것조차 달라.'

보통 우리가 배울 때는 강하게 땅을 박차고 빨리 다리를 놀리라고 듣는다. 거기에 규칙에 맞는 순서대로 발걸음을 움직이면 그게 보법이었다. 그러나 이건 달랐다.

오히려 다리는 나보다도 느렸다. 다만 땅이 바닥에 닿는 횟수가 적었다. 나무의 탄력을 이용해 오히려 속도에 보탰다. 그러기 위해서는 어떤 상황에서도 냉정하게 균형을 유지해야 한다.

'눈을 감아야 알 수 있는 게 있구나.'

그의 뼈와 근육이 속삭인다. 신록에 감사하며 바람에 감사하라고. 굽이치는 피를 느끼라고.

대장간에서 늘 듣던 철과 불의 목소리보다 낮고 온후한 어조로 내게 말한다.

"할 수 있을 것 같아요."

그가 나를 내려놓았다.


# 7.

에녹은 좋은 스승이다. 그를 따라 나는 바람을 가른다. 나무는 더 이상 내게 방해 대상이 아니었다. 오히려 내게 더 빠르게 나아갈 수 있게 도움을 준다.

평생 철의 리듬만을 들으며 살아왔다. 그러나 바람이, 나무가 만들어 낸 리듬은 더 큰 세계를 열어 주기 시작했다. 에녹을 따라하며 내 마력도 그와 함께 굽이치기 시작했다.

점점 더 빠르게, 점점 더 빠르게!

소매가 부풀어 오른다. 걷는다기보다는 난다는 표현이 정확할지도 모른다. 다람쥐가 지나가다 말고 나를 바라본다. 그 다람쥐 뒤로 매가 날개를 펼친다. 손아귀 같은 날개 사이로 죽음이 빛난다. 이 속도면 매의 먹이가 되거나 내게 밟히거나 8미터 아래로 추락한다!

탕!

나무 특유의 반동을 이용한다. 반동을 타고 힘이 발바닥부터 허벅지 둔부를 지나 중추를 타고 올라온다. 단숨에 세상이 멀어진다. 내 몸이 한 바퀴 돌며 다람쥐를 가볍게 끌어안는다.

매가 발톱이 내 머리카락을 스친다. 그러나 느리다. 너무 느려!

지금의 나는 매보다 빠르니까!

바람을 가르며 훌쩍 넘어간다. 내 옆으로 에녹이 바짝 붙는다.

"알―렌샤드."

나는 그의 인사에 맞춰 응답했다.

"알렌샤."

"과연 별을 삼키는 드래곤께서 초대한 인간이시군요. 어린 드래곤들도 이만큼 빨리 배우진 못했습니다."

"얼굴에 너무 금칠하지 말아 주세요. 스승이 좋아서 그런 거죠."

이 앞은 계곡이다. 더는 나무를 탈 수 없다. 그러나 길이 없어지는 건 아니다. 나무는 없어도 바람의 길이 있으니까.

가장 높은 나무에 발바닥을 붙인다. 마력을 이용해 신발을 흡착하고는 줄기를 타고 나사 모양으로 올라간다. 그리고 나무의 꼭대기, 내 몸무게에 힘을 보태 나무를 휘어 버린다. 새총을 당기듯 부러지기 직전까지 휘어지는 걸 느낀다. 그리고 한순간, 힘을 풀어 해방시킨다.

타—앙!

내 몸이 계곡물을 넘어 멀리 날아간다. 상쾌한 바람이 내 머리칼을 헝클인다.

이끼 향기가 습기를 타고 비강을 적신다. 바람을 타고 아카시아 꽃잎 하나가 내 뺨을 쓸며 지나간다. 꿀 향이 났다. 손가락 사이로 꽃잎을 붙잡는다. 그와 동시에 건너편 나무 위로 착지한다.

퉁!

충격으로 내 몸이 다시 솟아오른다. 낙법을 취할 건 없다. 단지 마력을 발바닥과 관절에만 옮겨 넣는다. 새로운 나무로.

탕!

에녹이 어느새 내 뒤에 바짝 와 있었다.

"가르치는 보람이 있군요."

문득 숲이 끝나 있었다. 숲 밖으로는 마치 휴화산의 분화구처럼 움푹 파인 분지가 있었다. 분지에는 신전이 서 있었다. 신전의 네 방향에서 물줄기가 솟아오른다.

숲의 끝에서 하룬이 하품을 했다.

"이제 온 거냐? 역시 인간 여자는 굼뜨네. 기다리다 늙는 줄 알았다."

저 하이 엘프는 신경 긁는 데 뭐 있다. 에녹은 그런 하룬에게 인사했다.

"알렌샤드."

하룬이 무성의하게 손만 까딱였다.

"알렌샤."

신전 앞에서는 엘이 나를 향해 손을 흔들었다. 불현듯 엘 옆에 있는 아카넬 대공과 눈이 마주친다. 나는 인사도 없이 그의 시선을 피했다.

엘이 말했다.

"카이 양, 생각보다 빨리 도착했네요."

나는 에녹을 가리켰다.

"스승이 좋았어요."

에녹은 다시 두 손을 공손히 모으며 합장했다.

"알—렌샤드."

"알렌샤."

엘은 능숙하게 인사를 답했다. 생각해 보면 아카넬이 아크 드래곤이라면 엘 역시 무언가이긴 할 거다.

"엘도 드래곤인가요?"

내 질문에 엘이 대답 대신 어깨를 으쓱했다.

"아카넬에 관해서는 오늘 설명해 주려 했는데 이미 들은 모양이군요."

안면 근육을 최대한 풀었다. 어떻게든 아무렇지도 않게

생각하고 있다는 걸 보여 주고 싶었다. 그게 내 마지막 자존심이었으니까.

"네. 별거 아니더라고요."

아카넬이 대답했다.

"그대에게는 진정 별일 아니었나?"

나는 과장되게 인사했다.

"네, 드래곤이시여. 하찮은 인간에게 그렇게 유희를 하기 위해 애쓸 필요 없습니다. 저 역시 어느 정도는 짐작했으니까요. 오히려 후련하더군요."

"어째서지?"

"이걸로 확실하게 선을 그을 수 있으니까요."

내 말에 조금은 그가 반응해 주리라 기대했던 건 바보 같은 생각이었을까. 그는 너무나도 쉽게 대답했다.

"즐거운 모양이군, 카이 알테리온 영애."

그 말에, 그 목소리에 가슴이 따끔거렸다. 면도날을 삼키는 심정으로 나도 웃어 보였다.

"우리 내기는 계속되는 거죠?"

"그래."

신이시여. 부디 내가 저 인간, 아니 저 밉살맞은 드래곤에게 꽂아 줄 칼을 만들 수 있도록 도와주소서.

신전은 새하얀 나무로 만들었다. 표면을 만져 보니 염료나 약품은 전혀 사용하지 않았다. 나무 자체가 희다. 마치 코끼리의 무덤처럼 흰 나무 기둥이 길게 이어져 있었다. 문득 밑동을 만져 보니 뿌리가 있었다. 엘이 말했다.

"기둥 하나하나가 모두 살아 있는 나무입니다. 신전 자체가 살아 있는 나무이기에 썩을 염려가 없죠. 하이 엘프의 마법이라고 하네요."

계단 옆에는 수로가 이어져 있다. 물이 계속해서 흘러내린다. 이곳에서 시작된 물이 산을 내려가 계곡이 되고 강이 되어 폭포가 되고 마침내 이 섬을 벗어나 바다가 된다.

"이곳은 세계의 방주라고 불린다. 이 세계가 언젠가 멸망한다고 해도 언제든 다시 일어날 수 있도록 지키는 역할이지. 물이 있다면, 그리고 생명의 씨앗만 있다면 수천 년이고 수만 년이고 세계는 다시 번창할 테니까."

"멸망할 걸 염두에 두는 건가요?"

내 질문에 엘이 대답했다.

"살아 있는 것은 늘 죽기 마련이니까요. 시작이 있다면 끝이 있겠죠. 뭐, 그렇다고 해도 별로 마음에 들진 않는군요. 이런 게 있다면 언젠가 정말로 세상이 끝날 것 같아서."

"드래곤도 신도 죽나요?"

내 질문에 아카넬이 대답했다.

"언젠가는 죽어. 다만 인간이 보기에는 한없이 영원에 가까울 뿐이지. 죽음은 그 누구도 피할 수 없다. 별조차 영겁의 시간이 지나면 언젠가 죽는다. 그게 이 세계의 유일한 법칙이니까."

기둥을 넘어서 계속 걸어간다. 안으로 들어갈수록 따뜻해졌다. 마치 어머니의 양수에 잠겨 있는 것 같은 그리운 감각이 밀려온다. 신전의 수로를 따라 물줄기 소리만이 도도히 흐른다.

엘이 물었다.

"카이 양."

"네?"

"만약 당신에게 힘이 생긴다면 어쩔 건가요? 산도 마을도 없애 버릴 수 있는 그런 힘이요. 누구도 당신을 귀찮게 하지 않고, 당신은 어디에서나 존중받을 수 있는 그런 압도적인 힘을 갖는다면?"

왜일까? 엘의 질문이 신전을 울린다. 내 옆에 있는 하이 엘프의 발걸음 소리만이 고아하다. 마치 내 대답을 재촉이라도 하듯이 그들은 침묵을 지킨다.

"아마 모든 일이 간단해지기는 할 거예요. 힘은 그 자체만으로도 법이니까."

"그렇군요."

"내 몸을 건사하고 칼 만들기에는 편하겠네요."

"부귀영화라든가 대륙정벌 같은 거는요?"

"그걸 원했으면 공작부인이 더 빨랐을걸요. 용신님에 대공 각하시잖습니까. 결혼하면 전부 다 할 수 있을걸요."

내 말에 엘은 작게 웃음을 터뜨렸다.

"그럼에도 당신은 작은 대장간을 꿈꾸는군요. 커다란 성을 얻을 수 있을 텐데도."

"네. 그거면 돼요."

아카넬이 대답했다.

"이상한 계집."

어쩐지 그의 말이 유리 조각이 되어 돌아온다. 상관없지 않다. 평생 괴짜라는 말만 들으며 살아온 인생이다.

'그래, 어차피 내 마음 같은 거……'

이제 와서는 아무래도 상관없지 않나. 그에겐 애당초 유희용 인형일 뿐이었으니까.

앞서 걸어가던 하룬이 걸음을 멈춘다. 그가 소매를 펼쳐 우리를 막았다.

"외부인은 여기까지."

신전 중앙에는 우물이 있었다. 커다란 우물이 끝도 없이 깊게 파여 있다.

"이곳이 물의 근원?"

"모든 물이 시작되는 곳이지. 너, 인간. 신발을 벗어라."

그의 말에 따라 순순히 신을 벗는다. 하룬은 작게 노래를 부르며 내 뺨을 만진다. 마력이 그의 음절을 타고 흩어진다. 에녹이 말했다.

"찬트입니다. 마력에 음을 담아 오래된 약속을 깨우는 거죠. 하룬은 우리 일족 중에서 가장 뛰어난 목소리를 지녔으니까요."

낮고 거친 목소리다. 차라리 솜사탕처럼 촉촉한 에녹의 목소리가 훨씬 더 듣기 좋았으리라. 그럼에도, 고목나무 껍질 같기만 했던 노래 사이로 난생 들어 본 적 없는 그리운 음이 들렸다.

'맑아. 이상해. 이렇게 낮고 푸석하기만 한 목소리인데도 노래가 맑아.'

그의 음이 오래된 약속을 깨운다. 바람이 내 몸을 감싼다. 땀과 먼지, 그리고 속눈썹 위에 붙은 눈곱마저도 전부 정화시킨다. 그가 내 뺨에서 손을 뗀다. 마치 미술품을 보는 눈으로 나를 훑어본다.

"됐다. 이 정도면 너 같은 인간도 충분히 정화가 되었겠지."

그는 내 손을 이끌고는 우물의 난간에 데려간다. 에녹이 내게 알약을 건넸다.

"씹지 말고 삼키세요. 수압을 견디고 물속에서 숨을 쉴 수 있을 겁니다."

알약에서 체리 향이 났다. 혓바닥에 닿는 감촉도 딱 체리였다. 침으로 적셔서 혀로 한 번 굴린 다음에 힘껏 삼킨다. 식도를 타고 따뜻한 기운이 몸 안으로 흘러 내려간다.

"이 안으로 들어갈 거다, 인간. 약을 먹었다고 해도 지금 네년의 몸으로는 수압을 견디기 힘들 거야. 말하지 말고 버텨라."

"이것도 수련의 일환인가요?"

내 질문에 하룬의 입가가 비틀린다.

"수련이라기보다는 개조에 가깝겠지. 인체 개조."

"네, 네에?"

말이 끝나기가 무섭게 하룬이 내 팔을 붙잡고 우물 안으로 뛰어든다. 준비도 못 했는데 나도 그를 따라 수면 아래로 끌려들어 간다. 새하얀 포말이 고막을 후려친다.

소금 냄새는 전혀 나지 않았다. 그렇다고 민물 특유의 비린내도 나지 않았다. 오히려 백합 향에 가까웠다. 물에서는 백합 향기가 났다. 최초의 물이기에 뭔가 달랐던 걸까?

내 몸이 깊이 심연 아래로 끌려 내려간다.

문득 위를 돌아보니 수면의 빛이 희미해진다. 몸이 저절로 다시 떠오르려 하는 것을 하룬이 붙잡아 내렸다. 신기했다. 저렇게 마른 몸으로 추도 없이 물 아래로 내려간다는 게.

엄마의 양수처럼 따뜻한 이곳에서 빛 한 점 없는 곳을 계속해서 내려간다. 수압이 밀려오자 고막이 꽉 막힌다.

어둠, 어둠.

그저 은은한 백합 향기와 미지근한 물의 촉감, 내 귀를 누르는 수압만이 이곳을 가득 채운다.

얼마나 더 내려갔을까. 발아래에서 파란 빛이 보였다.

바닥의 바닥의 끝.

이 세계 최초의 물이자 세계의 방주라는 물의 근원은 어떤 모습일까.

빛은 점점 더 커져갔다.

'별.'

별 모양의 유리 물병이었다. 물병 안에서 푸른빛이 새어나왔다. 그 안에 들어 있는 게 뭔지 보고 싶었지만 너무 눈이 부셔 보기가 어려웠다.

빛에 눈이 익숙해지자 그제야 그것이 온전하게 보였다.

'보석? 아니면 비취? 아니면 어떤 생물의 비늘인가?'

푸른색 돌이 그 안에서 영롱하게 빛났다. 그것 외에는 그냥 평범한 돌멩이였다. 어느 강가에서나 볼법한 그런 납작한 돌멩이. 세공 하나 거치지 않고 그냥 아무렇게나 생긴 그런 돌. 단지 그 형태 때문에 단순히 돌인지 아니면 어떤 생물의 비늘인지는 알 수 없었다. 그것이 물을 토해 냈다. 물살이 내 머리카락을 부드럽게 밀어낸다.

밀려오는 흐름을 가르며 하룬이 손을 뻗었다. 그가 병을 붙잡는다. 푸른빛이 하룬의 손을 잠식한다.

"이게 뭐죠?"

내 질문에 하룬이 대답했다.

"어머니의 어머니의 어머니. 이 세상에서 가장 높은 곳에 있는 돌. 생명의 근원이자 죽음의 상징. 어둠보다 밝고 낮보다 어두운 것."

"그런 게 존재하나요?"

"최초의 생명이 깨어났을 때부터 있던 거라고 하더군. 언어가 생기기 이전부터 엘프는 이 돌은 지켰다. 이제는 너무 오래되었고 기억하는 자보다 잊은 자가 더 많은 시대가 되었지만, 이게 정확히 무엇인지는 아는 자가 이 시대에는 없다는 건 확실하지. 그냥 그래서 최초의 물이라거나 물의 어머니, 물의 근원이라고 부른다. 그것만으로 충분하니까."

그가 붙잡은 내 손을 당겨 물병 앞으로 가져간다.

"하이 엘프는 이 돌과 감응이 좋은 편이다. 쥐는 것만으로도 몸을 정화시켜 주지. 우리 수호자들은 이 돌에서 힘을 얻는다. 우리의 몸은 자연에 가깝기에 물의 혜택을 입을 수 있으니까. 반면 너는 인간이니 별로 효과는 좋지 않겠지만 그래도 조금이나마 이득이겠지. 쥐면 노래가 들릴 텐데 멜로디를 기억해라. 꼭 필요하니까…라고 말하려고 했는데 의미 없나? 어차피 인간은 오염되어 있어 돌이 속삭이는 노래도 못 들을 테니까."

물을 창조하는 돌인데 쥐는 것만으로도 뭔가 대단한 힘이 생기는 모양이다.

'오염된 인간이라 미안하네요. 으이구!'

그것을 붙잡았지만 하룬을 잠식했던 그 푸른빛이 내 손에는 조금도 옮겨 오지 않았다. 역시나 인간이라 엘프와는 다른 모양이다. 그러다가 문득 병 안에 든 것이 돌이 아니라 금속이라는 걸 깨닫는다. 겉으로 봐서는 영락없는 짱돌인데 제대로 된 광석인 모양이다.

철이라면 감응할 수 있다. 이래 보여도 달빛 모루족의 재능을 갖고 있는 몸 아닌가. 유리병을 움켜쥐고 그 안에 들어 있는 광석에게 동조한다.

그러자 푸른빛이 내 손을 타고 올라온다. 하룬에게도 고작 팔꿈치까지밖에 오지 않았던 빛이었다. 그 빛이 팔꿈치를 넘어 어깨까지, 그리고 심장에 닿는다.

빛이 폭사하자 하룬의 눈이 커진다.

"대체 어떻게 한 거지?"

멜로디가 들렸다.

노랫소리였다. 어린아이가 속삭이는 노랫소리.

하룬이 불렀던 것과 비슷한 노래. 하지만 달랐다. 이건 여자아이가 부르는 노래였다.

웃음소리가 들린다.

무슨 뜻인지 모를 가사와 멜로디가 푸른빛으로 빛났다. 이윽고 목소리가 속삭였다.

'아아, 잘 만든 칼, 그래도 아직은 어린 칼…….'

그 순간, 빛이 폭발했다. 나는 노래를 불렀다. 아이가 불렀던 것과 똑같은 노래였다. 무슨 뜻인지는 알 수 없었지만 내 입이 스스로 움직여 노래를 만들어 냈다. 물살이 음을 따라 화답했다. 하룬이 소리를 지른다. 병을 놓으라고 했던 것 같다. 하지만 몸이 내 의지대로 움직이지 않는다. 그저 노래를 부르고 부를 뿐이다.

어둠이 찢겨 나간다. 푸른빛이 내 몸을 완전히 집어삼킨다.

어린아이의 노랫소리가 귀를 막았다.

내 기억은 거기까지.

Chapter 4
# 소녀, 진화

### 1.

고통이 서서히 밀려온다. 몸을 웅크리자 등뼈가 기괴하게 튀어나왔다. 살을 뜯고 나온 것 같다. 꿈에서 현실로, 고통에 못 이겨 의식이 돌아온다. 손가락뼈가 살을 뚫고 우드득 나온다.

"큭, 으아아아아악!"

찢어진 살이 빠르게 재생된다. 그러나 곧바로 손목이 기괴하게 뒤틀린다.

"끌끌끌, 과연 칼이구나."

맥 할머니의 목소리가 들린다. 하지만 앞이 보이지 않았다.

"눈꺼풀이 아직 갈라지지 않았구나. 속 안에 있는 안구도 재생 중이고."

대답을 하고 싶었지만 혀가 끊어졌다. 숨을 쉬는 것조차 힘들다. 맥 할머니가 말했다.

"절대로 태양에 가까이 가면 안 된다 하지 않나. 몸이 타버리고 눈이 멀어 버린다고. 그렇다면 그 반대인 달에 가까이 가면 어찌 되려나."

물어보고 싶었다. 보고 싶었다. 여기가 어딘지라도 알고 싶었다. 그러나 내 목에는 피가 가득 차 있고 비강 안에는 녹슨 철 비린내만 가득하다.

"인간의 육신으로 달을 삼키려 했으니 부작용이 있는 게 당연하지 않겠나."

주름진 손이 내 뺨 위로 스쳐 지나간다. 아팠지만 할머니의 손만은 아프지 않았다.

"견뎌라, 사랑스러운 검이여. 네 자식들이 그렇듯, 불과 물 사이에서 끊임없이 망치질당해야 하는 운명이 그렇듯 견디어라. 너를 죽이지 않는 것은 널 강하게 해 줄 테니."

폐가 찢겨 나간다. 동시에 재생이 된다. 비명을 지르려는 순간 성대가 파열된다. 그와 동시에 재생이 된다. 수천 마리의 개미가 혈관을 질주한다. 살을 찢고 알을 낳고 다시 번식하는 것만 같다. 내 몸이 통째로 개미집이 된 기분이다.

지옥이 있다면 이런 모습일까? 이 고통을 끊을 수만 있다면 자살이라도 하고 싶었다. 그러나 목숨을 끊고 싶어도 끊을 수가 없었다. 뼈가, 팔의 뼈가 완전히 박살이 났으니까. 그리고 다시 재생되기 시작했으니까.


## 2.

아카넬은 자리에 앉아 홍차를 따랐다. 흰 도기 찻잔 위로 따뜻한 김이 올라온다. 엘은 그런 아카넬을 바라보다 창틀에 등을 기댔다. 한쪽 팔은 창밖으로, 다른 한쪽 팔은 자신의 머리칼을 매만진다. 흰 커튼이 돛대처럼 부풀었다. 바람은 커튼을 밀고 엘의 머리카락을 밀어 올렸다.

엘의 옆얼굴이 설탕처럼 빛났다.

"살 수 있을까요?"

그의 목소리에 아카넬이 담담하게 대답했다.

"물의 근원에 인간이 100% 동조한 예는 없었으니까, 어찌 될지는 모르지."

"빛이 전신을 전부 뒤덮었다고 했죠?"

그것은 이 세계 모든 생명체의 근원이라고 불린다. 드래곤들 사이에 전해져 오기로 태초에 이 세계는 불과 대지밖에 없었다고 한다. 살아 있는 것은 아무것도 없었으며 그저 차가운 것과 뜨거운 것이 싸우던 그런 시절이었다고 했다.

그때 달에서 돌 하나가 떨어졌다고 했다. 그 돌은 무서운 기세로 물을 만들어 냈고, 그 물들이 증발하여 최초의 비가 내렸다고 전해진다. 해가 대지를 달구고 어둠이 대지를 식히는 동안 돌은 물을 쏟아내고 또 쏟아냈다. 시간이라는 개념조차 없었던 아주 오래된 그 시절.

결국 바다가 생겼다. 돌은 최초의 생명체를 불러낸다.

아크 드래곤들 사이에서도 은유와 비유가 섞여 내려오는 이야기다. 전부 진실일 거라고는 생각하진 않지만 전부 거짓일 거라고도 생각하지 않는다.

신비로운 힘을 갖고 있는 그 돌은 닿는 모든 생물을 진화시켜 준다. 말이 진화이지 인체를 정화시켜 주고 안 좋은 부분을 좀 더 낫게 개선해 주는 거다. 몸을 완벽한 대칭으로 만들어 준다거나 유달리 약한 근육이 있다면 강하게 만들어 주는 정도.

하이 엘프의 경우 돌의 가호를 받아 좀 더 많이 변화하게 된다. 오래 살 수 있게 되고, 마력을 더 쉽게 다룰 수 있게 되고, 자연과 더 깊이 동조할 수 있는 정도다.

인간이 사용하는 예는 흔치 않았지만 없는 건 아니었다. 그래 봐야 전부 돌에 크게 동조하지 못했기에 엘프만큼 효능을 보진 못했다.

그걸 잠재력으로 끌어 올렸다.

그걸 철의 소리를 듣는 힘으로 그렇게까지 동조할 줄은 몰랐다.

동조율이 높은 엘프라도 팔꿈치까지다. 그동안의 인간은 아무리 커 봐야 손바닥. 그런데 그 빛을 전신에 씌었다고 했다.

"죽지는 않을 거다. 내 친우는 그리 약하게 키우지 않았어."

"재미있네요. 용신이 고작 인간 하나에 동요하고 있다니. 그것도 별을 삼키는 드래곤, 아크란 당신이."

아카넬은 차를 한 모금 들이켰다.

"무슨 말이 하고 싶은 거지?"

목소리에는 살기가 섞여 있었다. 원래부터 그리 좋은 사이는 아니다. 그저 하나의 목적을 위해 잠시 휴전을 했을 뿐. 휴전이란 늘 그렇듯 언제든 다시 싸우는 걸 전제로 하는 것.

아카넬의 공격에 응수할 생각도 있었지만 그래도 지금은

그러고 싶지는 않았다. 가뜩이나 환자다. 여기서 두 사람이 싸웠다가는 카이의 몸에 분명 영향이 미치게 된다. 그리고 물의 근원에게까지도.

엘이 말했다.

"그래도 다행히 평범한 인간의 몸은 아니잖습니까. 절반은 마물이니까요. 겨우 버텨 내고 있는 건 오직 그거 하나 때문이라고 할 수 있겠네요."

"보통 인간이라면 이미 뇌가 터졌겠지."

"유일하게 그 바퀴벌레 놈에게 감사하는 바죠."

둘의 눈이 얽힌다. 아카넬이 말했다.

"네놈도 동요하고 있군."

"당연하죠. 맥 할머니의 예언 들으셨잖습니까. 절대로 여기서 죽어서는 안 된단 말이죠."

"아아, 그 예언."

엘이 깍지를 끼고는 고양이처럼 기지개를 폈다.

"절대로 죽으면 안 됩니다, 카이 양. 지금 왕국 제일의 꽃미남 둘이서 당신만을 걱정하며 잠도 못 자고 있다고요?"

"너, 그 녀석 앞에서는 절대로 그 말 꺼내지 말도록."

엘이 검지를 들어 자신의 입술을 누른다. 애교 있게 몸을 빙그르르 회전했다.

"어라, 왜죠?"

"그 녀석 성격에 그 말 들으면 살려다가도 도로 죽으려 할걸."

"너무하네요. 이렇게 귀여운데!"

"하아."

아카넬은 찻잔을 천천히 기울인다.

## 3.

죽여 주길 바란다. 내 인생에서 이토록 죽음을 바란 일이 없었다. 지금의 나는 명장의 손에 잡힌 물고기다. 산 채로 누군가가 내 생살을 바르고 있다. 몸 안에 가득한 피 냄새 속에서 문득 리버가 생각났다.

'그 아이, 괜찮을까?'

나와 같은 고통을 공유하지 않던가. 그러나 걱정도 잠시, 다시 밀려오는 통증에 비명을 지른다.

'아, 성대가 생겼어.'

이번에는 찢어지지 않고 있다. 폐도 괜찮다. 장기는 이제 더 이상 아프지 않다. 남은 건 뼈와 살, 그리고 근육인가. 그 순간 손톱이 스스로 뽑힌다.

비명이라도 지를 수 있어 다행이다. 지독한 고통 속에서 다시 이성을 잃는다.

　처음에는 늘 아팠던 게 이제는 1분 단위로 고통이 잦아
진다. 그러고는 3분, 4분…….
　점점 간헐적으로 통증이 밀려왔다 사라지길 수십 차례.
　시간이 얼마나 지났을까. 고통이 완전히 사라진 걸 느꼈
다. 바닥에는 내 머리카락이 흩뿌려져 있다. 고통 속에서
머리털도 다 빠진 모양이다. 다행히 빠진 후에 또다시 재생
된 건지 머리털은 제대로 붙어 있다.
　눈 근육을 움직여 본다. 이곳은 빛이 한 점도 들지 않는
암실.
　덕분에 눈을 감고 있는 건지 뜨고 있는 건지도 구분이 안
간다. 몸을 일으키려다가 이불에 걸려 바닥을 굴렀다.
　"아야야."
　그래도 내가 여태 겪었던 통증에 비하면 아무것도 아니
다. 뭐랄까, 내 몸이 아닌 것 같아. 걷는 것도 움직이는 것
도 이상해. 다른 사람의 몸을 조종하는 것처럼 그냥 어색하
기만 느낌.
　"더 이상 아프지 않다는 것만으로도 감사하지."
　몸 안이 고요하다. 다 끝났다는 느낌이 들었다. 피 냄새
도 나지 않는다.

달칵, 문을 여니 빛이 쏟아졌다. 계속 암실에만 있었던 터라 밝은 빛이 시리다. 얼마나 지났을까 겨우 시야가 돌아온다. 아카넬이 말했다.

"드디어 돌아왔군."

그의 머리카락이 보였다. 검은색은 그의 색이었다. 이 사람만큼 블랙이 어울리는 사람은 본 적이 없다.

"다 나은 것 같아요."

"그러면 옷 좀 입지 그러나?"

그 말에 아래를 내려다보니 피 묻고 찢어진 셔츠 한 장에 마찬가지로 걸레짝이 된 속옷만 입고 있었다.

"으허허헉!"

변화하는 과정에서 옷이 찢어진 모양이다. 놀라 기절하려던 찰나 어깨에 부드럽고 묵직한 것이 내려와 벗은 몸을 감싼다. 올려다보니 엘이었다.

"우선 목욕부터 해야겠군요. 아가씨."

"저 냄새 많이 나나요?"

내 물음에 엘이 곤란한 듯 뺨을 긁적였다.

"아무래도 내내 피와 오물 속에서 있었잖습니까."

미치겠다. 아이고!

## 4.

카이가 욕실로 달려간 후에 두 남자는 동시에 한숨을 내쉬었다. 아카넬이 이마를 쓸었다.

"산 너머 산이군."

"이걸 살아 돌아왔으니 다행이라고 해야 할지 모르겠군요."

피와 오물 냄새 사이로 달콤한 향기가 밀려왔다. 대체 무슨 생각인지 옷까지 제대로 갖춰 입지 않은 판국이라 단둘이 있는 상황이었다면 이성을 잃었으리라.

물은 음기를 상징하며, 여성을 상징하기도 한다. 얼굴은 얼핏 보면 예전과 똑같아 보였지만 많은 부분이 달랐다. 첫 번째가 피부.

빛이 닿을 때마다 진주처럼 빛났다. 쿡 찍으면 꿀이 배어 날 것 같은 달달한 살결 위로 완벽하게 대칭된 얼굴이 자리를 잡는다. 사람이라면 어쩔 수 없이 좌우가 어느 정도 비대칭이기 마련이다. 그러나 골격이 다시 맞춰지면서 두개 골도 제대로 자리를 잡았다.

속눈썹은 금을 뿌린 것처럼 반짝였고 입술은 붉고 투명했다. 턱선 하나에도 결점이라고는 보이지 않았다. 머리카락은 전보다 색이 연해졌지만 그만큼 더 빛났다. 몸은 또 어딘지, 손톱 끝부터 발톱 끝까지 곧고 가지런한 몸이 낭창하게 이어진다. 마치 장인이 깎아낸 비스크 인형처럼 어느 한 곳도 아름답지 않은 선이 없다. 그야말로 군더더기 없는 극상의 미.

사람들이 미인을 말할 때 '엘프만큼 아름답다' 라고 표현한다. 그러나 지금의 그녀는 '엘프보다 아름답다.' 라는 말이 적합할 지경이다.

거기에 마물 특유의 달콤한 체향이 밀려온다.

원래 가지고 있었던 마물의 힘 역시 음기에 미묘하게 강화되어 인간이 아닌 존재들을 끌어당긴다.

아카넬은 오랜만에 떨리는 심장을 붙잡아야 했다.

"죽겠군."

엘이 대답했다.

"제대로 한 건 했네요. 맥 할머니가 예언했긴 했죠. 남난(男亂)이 끊이지 않을 거라고."

"저래서야 끊고 싶어도 계속 되겠군."

"이렇게 된 이상 정말 강하게 키워야겠어요. 어지간한 마족 따위는 한 주먹에 날려 버릴 수 있을 만큼."

어차피 위험 속으로 달려가는 여자 아닌가. 이제는 얼굴이며 몸까지 저리 변했으니 앞으로 무슨 일이 터질지 자명했다.

지켜주는 데는 한계가 있다. 아니, 그 전에 지켜주려면 적어도 남자에게 보호받고자 하는 마음이 일말이라도 있어야 하지 않던가. 그러나 카이는 날 때부터 그딴 건 탑재하지 않은 여인이다.

두 남자는 이렇게 된 이상 카이를 대차게 굴려 버리리라 약속한다.

맹수는 자식을 절벽에 떨어뜨리는 법. 굴리고 또 굴리리라. 강하게 키우리라.

엘이 말했다.

"어차피 남자와 여자 아니겠습니까. 제가 먼저 그녀에게 손대도 되죠?"

"……."

아카넬은 대답하지 않았다. 살기가 대지를 진동한다.

쿠그그그—

셔츠 한 자락, 아니 리본 하나라도 벗겼다가는 사지를 찢어 버릴 기세다. 엘이 와하하 웃었다.

"알았습니다. 휴전이잖습니까, 휴전! 내, 참. 강제로 취하겠다는 것도 아니고 그저 마음을 얻겠다는 것뿐인데 너무 하잖습니까!"

아카넬이 대답했다.

"휴전이란 단어가 무슨 뜻인지 제대로 알고 있나?"

"으휴, 눈앞에 있는 떡을 건드리지도 못하고……."

거기다가 더 달콤해지기까지 했다. 엘이 한쪽 눈을 윙크했다.

"역시 전 카이 양이 더 좋아졌으니까요!"

"얼굴을 너무 밝히는군."

엘이 뺨을 부풀렸다.

"예쁜 얼굴 싫어하는 사람이 어디에 있습니까! 거기다가 이렇게 변하기 전에도 점찍어 놨다고요. 그건 댁이 더 잘 알 텐데요?"

아카넬은 속눈썹을 내리깔았다. 이 자리에서 엘을 죽이고 싶은 마음과 그랬다가는 그녀와의 관계가 영원히 부서질 것 같은 걱정이 한꺼번에 밀려온다.

'고작 인간이다. 찰나를 살고 사라질 인간.'

더 이상은 안 된다. 이 이상 다른 감정을 깨달아서는 안 된다. 그건 정말 위험한 감정이었다.

특히나 영원을 살아가는 자들에게 있어서 독약과도 같은 감정이었기에.

아카넬은 차갑게 식은 차를 삼킨다.

# 5.

욕조에 발을 담그자마자 구정물이 확 퍼진다. 이래서야 몸 담그는 건 무리다. 물을 빼고는 다시 받는다. 그동안 다시 샤워한다. 대체 내 몸에 무슨 일이 일어난 걸까. 온몸에 오물이며 피가 굳어서 떨어지지 않는다. 엘프들의 경우 특히나 몸에서 노폐물이 잘 나오지 않는 체질이다 보니 비누랄 게 없다.

덕분에 이 지방 꽃을 건조해서 만든 비누 주머니를 쓰고 있다. 거품이 거의 나오질 않는다. 당연한 말이지만 세척력도 엄청 떨어진다. 비누 주머니로 몸을 밀다 실수로 손톱으로 긁는다.

"아얏!"

그렇게 세게 몸을 긁었는데 피부가 멀쩡하다.

"신기하네."

보통 이 정도 힘으로 긁어 놨으면 피가 날 게 분명한데 흠집 하나 없다. 이걸 보면 내가 뭔가 변하긴 변한 모양이다. 하기야 그 고생을 했는데 소득이 없을 수야 있나. 신이 있다면 그래서는 안 되지.

그렇게 두 시간을 사투하고 나서야 겨우 탕에 들어갈 수 있었다. 엘프들이 사용하는 허브 잎을 띄워 놓는 것도 잊지 않았다.

'아직도 냄새가 날까.'

내 생애 가장 추한 모습을 보이고 말았다. 그래도 이만큼 씻고 특제 엘프 허브 잎까지 써서 목욕하는데 좀 낫지 않을까.

'아, 신경 쓰면 안 되는데.'

더 이상 그 인간들에게 휘둘리지 않기로 결심하지 않았나.

"냄새 좀 나면 어때서. 뭐."

들으라는 듯 자조해 보지만 결국 코를 겨드랑이 사이에 대고 만다. 내 몸이라서 못 맡는 건지 확신이 들진 않지만 그래, 이 정도면 아무 냄새 안 나는 것 같다.


목욕을 다 끝내고 수건으로 머리를 털었다. 객실에서도 느꼈지만 이곳은 거울이 없다. 심지어 욕실에도 없다. 그래, 고고하신 하이 엘프님들이시지 않나.

미의 결정체라고 불리는 분들께서 타인의 시선을 신경 쓴답시고 거울 보고 있을 것 같지 않다. 그런데 적어도 손님용 하나 정도는 갖다 놔달라고! 가르마도 제대로 못 타겠구먼.

겨우겨우 손 가르마로 때우고는 새 옷으로 갈아입었다.

이번에도 수련복이다. 다만 지난번 것보다 좀 더 소매가 넓고 밝은 색에 여성스러운 느낌이다.

대충 정리하고 밖으로 나오자마자 에녹과 눈이 마주쳤다.

에녹은 내게 인사를 하지 않고 내 얼굴만 멍하니 쳐다보고 있다. 그래서 내가 먼저 했다.

"알—렌샤드."

내 인사에 퍼뜩 정신이 들었는지 합장했다.

"알렌샤. 물의 축복이 함께하시기를. 아, 참. 내일부터 다시 수련에 매진할 겁니다. 아침 5시부터 모이면 되겠군요."

쉬지도 못하고 바로 수련에 들어가는구나. 하긴 뭐 나도 내 몸이 어떻게 변했는지 궁금하기도 하다. 그렇게 대충 인사하고 계단을 올라가 내 방으로 돌아갔다. 이제는 고통에 기절하는 게 아니라 진짜 제대로 된 잠을 자고 싶다.

'내 몸이 어떻게 변한 거지?'

그 답을 알아야 한다.


## 6.


칼날이 물살을 가른다. 빛이 호를 따라 이어진다. 오랜만에 드는 검이라 익숙하지가 않다. 권법이라면 평소에도 늘 갈고닦아 왔지만 검은 달랐다. 평생 다시 들 일이 없으리라 생각해 왔기에 아무것도 하지 않았다. 그래서 태반은 다 잊어먹은 상태다.

옛날의 그 유려한 선이 도무지 나오지 않아 죽을 맛이다. 그때 품에서 향주머니가 툭 떨어졌다.

"아이고, 제대로 넣어 두질 않았더니."

아카넬이 내게 아침부터 던져 준 거다. 이야기를 하자면 이렇다.

'뭐죠?'

'냄새를 없애 준다. 써라.'

그 말에 얼굴이 귀까지 확 붉어졌다. 그도 그렇지 않나. 그렇게 열심히 닦아 댔는데 아직도 그 소리라니!

'저, 아직도 냄새 납니까? 아니 그 전에, 숙녀에게 말버릇이 그게 뭐냐고요!'

사람이 좀 에둘러 말할 수도 있지 않던가. 엘이 내 목에 팔을 감는다.

'나쁜 냄새니까 없애라는 건 아닙니다. 악취가 나는 건 아니고요. 오히려 다른 존재들에게는 이런 기분이 들게 하죠.'

그의 입술이 내 귓가에 닿는다. 그가 내 귓불을 핥으려는 순간 날카로운 검기가 나와 엘을 갈라놓는다. 엘이 비명을 지른다.

'워, 워!'

음속의 검기도 피해 놓고서는 연약한 척하고 있다.

'알았어요. 뭔진 모르겠지만 쓰라면 써야죠.'

마지못해 향주머니를 품에 갈무리했더랬다.


"나한테서 그렇게 냄새나나."

요즘 들어 혼잣말만 늘고 있다. 어쩔 수 없다고. 대장장이는 고독한 직업이니까. 혼자서 일주일이고 열흘이고 처박혀서 단순노동만 반복하다 보면 누구라도 혼잣말이 늘 수밖에!

"이상한 여자로 보이기 딱 좋지, 뭐."

이렇게 혼자 또 땅을 파게 된다. 이러면 안 되지. 안 된다. 제대로 정신 차리지 않으면 큰일 난다.

오늘의 과제는 이렇다. 내가 그동안 했던 검술을 다시 떠올려보는 것.

지난달까지만 해도 나는 어느 성격 나쁜 소년에게 강해지고 싶으면 내게 세 번 절하라고 했다. 왜 그걸 못 하냐고,

그깟 자존심이 뭐 그리 중요하냐고 물었다. 그런 내가 이번
에는 가족과 소중한 사람들을 살리고 싶으면 검을 다시 들
라는 말을 들었다.

그깟 맹세가 내 소중한 사람들보다, 내 꿈보다, 내 행복
보다 소중하냐며.

'바보네, 나. 정말 바보.'

잘난 듯이 제자 놈에게 말했지만 나 자신도 사람으로서
얼마나 부족한지.

검을 들고 초식부터 찬찬히 이어가고 있지만 도무지 옛
날의 감각은 떠오르지 않는다. 분명 알던 것이었고 내게 소
중했던 것들이었는데, 마치 다른 사람의 몸 같았다.

과거의 내가 칼을 들고 땅을 질주했던 그 모든 기억이 거
짓말인 것만 같았다. 근육도 뼈도 모든 움직임이 과거 내가
알던 그런 움직임이 아니었다.

"당연하잖습니까. 그때의 몸이 아닌데 어떻게 같은 검술
을 쓸 수 있죠?"

목소리에 올려다보니 엘이 나무 꼭대기 위에서 나를 내
려다보고 있었다. 기척도 느껴지지 않았는데 어떻게 저 높
이까지 올라간 거지?

나는 작게 숨을 토했다. 그 말이 맞다.

몸이 변했다. 나는 더 이상 옛날의 육신이 아니다. 이미

반쯤 마물의 몸이고, 여기 오기 전에 에녹이 대충 해 준 말에 따르면 물의 근원이 내 몸의 성분을 바꿨다고 했다. 인간이라기보다는 전설 속의 요정이나 정령에 가까운 상태라고 했다.

결국 인간도 요정도 정령도 마물도 아닌 잡종인 거다. 내 의지와는 상관없이 그리된 거다. 하룬이 혀를 찼다.

'쯧쯧쯧, 아이 낳긴 글렀군.'

그 말에 무슨 소리냐고 물었더니 그가 이렇게 대답했다.

'당나귀와 말을 교배하면 노새가 나오지. 당나귀와 말의 장점을 이어받아서 튼튼하고 영리하다만 노새는 새끼를 낳을 수 없어. 그게 무슨 뜻인지 아나?'

그는 이렇게 말했다.

'너는 너무 많이 섞여 버렸어. 결국 태내에 그 어떤 자식도 낳을 수 없는 거지.'

그렇구나.

멍하니 생각했다. 어차피 평생 내 인생에서 아이 따위 가질 수 있으리라 생각한 적도 없다.

정상적인 어머니는 되지 못할 거라고, 아이를 낳아도 나 같이 불완전한 인간이 과연 그 아이를 제대로 키울 수 있을 까 걱정되기도 했다.

'그런데 낳을 수 없다니.'

막상 그런 선고를 들으니 기분이 이상했다.

평생 달리지 않겠다고 맹세한 것과 평생 달릴 수 없다고 이야기를 들은 게 다르듯.

차라리 잘되었다고 생각하는 나와 묘하게 착잡한 기분으 로 팔짱을 끼고 있는 내가 함께 있다.

이중적이라는 걸 알면서도 결국 놓을 수가 없었다.

"검 끝에 잡념이 있군."

대공의 목소리에 솔직하게 대답했다.

"정신이 복잡하네요. 굳이 왜 이런 얕은 계곡에 발을 담 그고 하는 겁니까? 평지가 훨씬 편할 텐데요?"

내 물음에 아카넬이 작게 웃었다.

"모든 것에는 이유가 있지 않겠나. 뭐, 내 안사람이 마 음이 심란하다고 하니 남편 된 도리로 시름을 풀어 주는 게 맞겠지."

"아직 당신 안사람 아닙니다."

"아니, 계약이 끝나기 전까지 너는 내 것이야."

내가 사람이라 다행이다. 만약 사슴과의 짐승이었다면

아마 짝짓기 안 하려고 이 인간과 죽어라고 뿔싸움을 해야 했을 거다. 그것도 암사슴의 조그마한 뿔로 싸워야 하지 않나. 대자연의 어머니는 전통적으로 남녀차별 하난 끝내주신다.

다행히 짐승 새끼가 아니라 사람 새끼인고로 이 알파남과 뿔 대신 칼로 싸울 수 있다는 것, 그것 하나만은 축복이다.

"엘프 검은 손에 맞나? 레이디."

명백한 조롱이다. 내가 들고 있는 검은 이곳 하이 엘프들이 사용하는 검이다. 달빛 은철로 만든 검으로, 보통 검보다 가볍고 단단하다. 내가 만든 검처럼 뭔가 기원이 담겨 있거나 마법적인 힘이 있는 건 아니지만 무게중심도 상당히 괜찮고 탄성도 좋다. 칼에 대한 기초적인 부분에서는 나보다도 더 훌륭한 장인이 만든 칼이다.

아마 내가 검을 만들며 보냈던 시간 같은 건 코웃음 칠 정도로 아득한 시간을 매진해 왔다는 거겠지.

호기롭게 그를 향해 검을 겨눈다.

"당신 하나 상대할 정도는 되네요."

허세다. 지금 나는 예전의 절반만큼도 감을 못 잡고 있다.

이런 멋진 검도 지금의 내게는 돼지 목에 진주다. 그렇다고 해도 이 사람 앞에서 기세마저 꺾이면 승리 따윈 감히 꿈도 꾸지 못할 테니까!

"하압!"

먼저 공격에 들어간 건 나다. 가볍게 물을 박차고 들어…가고 싶지만 발목까지 물에 잠기는 이 상황에서 가속을 하는 건 무리다. 내 특기인 빠른 발이 효과를 보지 못한다.

"허세치고는 제법 매섭긴 하다만……."

그의 품에 파고들려는 찰나, 그가 검격을 내지른다. 수십, 수백의 검영이 나를 향해 밀려온다. 하나하나에 살초가 담겨 있다.

아이고! 이 아저씨, 내가 인간의 몸이 아니라고 막 나가시네. 하나하나 대응하기에는 내 배움이 짧다. 그래서 몸을 돌려 검로를 피한다. 그 순간, 기다렸다는 듯이 수직으로 검이 미끄러져온다.

여기서 막지 못하면 내 몸이 세로로 멋지게 갈라질 거다.

'사람 진짜 안 봐주시네!'

카아앙!

겨우 칼로 그의 검로를 막는다. 내 몸이 주르륵 미끄러진다. 그와 동시에 그가 가볍게 검을 날린다. 말이 가벼운 거지 한 방 한 방이 어지간한 기사의 필살기에 가깝다.

나도 검을 뻗어 마치 거울처럼 그의 검격을 받아 낸다.

베고, 찌르고, 튕기며, 후려친다.

검격의 소나기가 지나간다. 그는 내 움직임보다 정확히 0.001초 빠르게 움직인다. 내 실력보다 아주 조금 빠르게 검을 날린다.

'사람을 갖고 놀고 있군.'

자존심 상한다. 발목을 주축으로 몸을 회전한다. 마치 팽이처럼 원심력을 이용해 힘껏 검을 받아친다.

카아아아앙—

청아한 소리가 수면에 파문을 그린다. 그의 발자국과 나의 발자국이 파문이 되어 움직인다. 동심원과 동심원이 부딪치며 파도를 그린다. 마치 어느 추상화가의 작품 같다. 힘껏 때려도 부서지지 않는다. 전력을 다하면 똑같은 힘으로 맞받아쳐 온다.

자존심은 상하지만 최고의 상대다.

검과 검, 살의와 살의가 뒤섞이는 무아 속에서 내 심장이 뛰는 소리가 들렸다. 호흡과 호흡이 하얀 그림을 그린다. 뼈의 삐걱임, 근육의 화음이 울린다. 그러다 문득 노랫소리가 떠올랐다.

하룬은 내게 노래를 기억하라고 했다. 중요한 노래라고 했다.

그게 무엇일까. 어째서 중요한 걸까.

나로서는 알 길이 없지만 무아에 빠지면 빠질수록 노랫

소리가 기억 속에서 커져 간다. 마치 지금 내가 만들어 내는 파문처럼.

카앙!

노래가 리듬이 되어 그를 몰아친다. 조잡했던 검로가 점점 더 유려한 선을 그리며 나아간다. 부족했다. 뭔가 하나가 부족했다. 그게 무엇인지는 알 수 없었다.

'아, 손이……'

뭔가 한쪽 손이 허전하다는 것을 깨닫기가 무섭게 엘이 칼을 던졌다.

"호잇, 선물입니다!"

핑그르르 날아오는 칼 손잡이를 한 번에 붙잡는다. 아카넬은 봐주는 법이 없다. 날아오는 칼을 붙잡는 와중에도 그는 공격을 몰아치니까.

카가가각—!

이거다, 이거야. 이 느낌을 원했어.

손 하나만 가지고는 이제는 너무 비어. 애초부터 칼 하나를 양손으로 드는 이유가 검의 충격을 흡수하려면 한 손으로는 부족하기 때문이었으니까.

지금의 내 근력으로 칼 하나는 비효율적이다. 무엇보다, 이 편이 뭔가 더 자유롭다.

퉁!

발목에 잠긴 물이 깊은 파문을 그린다. 물이 나와 공명한다. 멜로디가.

그 광석이 속삭였던 멜로디가 뇌 속을, 심장 속을, 마침내 혈관 속을 질주한다. 그랬다. 이제 깨달았다.

만약 내가 빠른 발을 이용했다면 검술에 이렇게 의존할 필요가 없었으리라. 물은 내 발을 묶기 위한 도구다. 동시에 리듬을 찾기 위한 도구.

내 검술은 물이다.

좁을수록 격해지며 넓을수록 온화해진다.

창!

낮은 곳을 향해 흐르며 반격보다는 조화가.

카앙!

검 끝에 빛이 모인다. 내 검기가 꽃잎이 되어 수천 개로 흩어진다.

카이 알테리온식 검격, 천중검!

마치 저물기 직전 아카시아 꽃잎처럼 검기가 흩어진다. 반면 아카넬은 내 화려한 검격에 오히려 묵직한 검격으로 대응한다.

콰아앙!

막아 냈다. 그의 검을 받아 냈어. 멜로디가 귓가에 머문다. 그 특유의 리듬을 따라 몸을 움직인다. 더 빠르게, 더

빠르게, 더욱 강하게!

검이 물처럼 휘돈다. 단 하나의 검격도 끊어지는 것 없이 유려하게 그를 몰아치기 시작했다. 하나하나가 절초에 가까운 검격이다. 보통 인간이라면 스치는 것만으로도 몸이 쪼개진다. 그럼에도 아카넬은 내 검을 받아 낸다.

늦여름 홍수처럼 불어나는 검기 사이로 그는 묵묵히 자신의 검로를 이어가기 시작했다. 그 안에서 아카넬의 리듬을 읽는다.

모든 검은 음악이다. 무(武)와 무(舞)는 결국 같다는 이야기가 있다. 발로 땅을 짚고 규칙에 맞춰서 팔을, 어깨를 움직인다. 고수일수록 더욱 정확한 박자를 갖고 검술에 임한다.

그의 호흡을 읽는다. 그의 검에도 멜로디가 있었다. 그의 검무와 나의 검무가 얽힌다.

카가가각!

즐겁다. 아마 누군가는 사람 쪼개는 기술이 뭐 그리 즐겁냐고 물을 거다. 그러나 솔직히 너무 즐겁다.

자신의 모든 실력을 온전히 맞설 상대와, 그리고 더욱더 깊은 깨달음으로 인도할 상대와 만난다는 게 얼마나 축복인지 모른다.

더욱더 깊고 더욱 빠르게, 더욱 리듬에 몸을 담는다.

문득 그의 리듬을 흩어 버리고 싶었다. 그렇게 되면 그와 나의 간극을 좁힐 수 있을까.

검 끝으로 수백의 잔상을 그린다. 방금 아카넬이 내게 했던 기술과 똑같은 기술.

일천격!

아카넬이 검격을 맞받아친다. 마지막 한 번의 검격을 날리기 직전, 나는 몸을 뒤틀어 그의 다리를 공격한다. 막을 것인가 피할 것인가.

카앙!

막아 낸다. 그의 자세가 흐트러졌다. 원래의 칼 한 자루라면 충분히 공격이 막힌다. 그러나 지금의 나는 두 개의 검으로 맞선다. 다른 하나의 검이 음속으로 날아간다.

잡았다.

이대로라면 그의 목이 정확히 반으로 갈라지리라. 아크 드래곤도 목을 자르면 죽을까? 궁금해지기도 했다.

그 순간, 아카넬이 검을 위로 치켜든다.

오러 블레이드의 상승 경지. 오러 와이어.

어떤 지방에서는 검사(劍絲)라고도 부른다. 한번 뭉친 검기가 마치 실처럼 가늘게 풀어지는데, 여기까지 올라가면 소드 마스터를 넘어 그 위 단계인 그랜드 소드 마스터급이라고도 불린다.

그의 검이 광속으로 치솟는다.

오러 와이어가 내 검을 단번에 부순다.

카가가강!

첫 번째 칼날이 토막 나며 내 뺨을 긁고 지나간다.

두 번째 칼날이 내 얼굴 정면을 긋고 가려는 찰나, 아카넬이 손을 뻗어 칼날을 낚아챈다.

"......"

아카넬의 손에 피가 배어난다.

조금만 늦었다면 나는 죽었다. 내가 아무리 재생력이 인간을 뛰어넘었다고는 해도, 뇌가 잘리고도 다시 살아나지는 못할 테니까.

숨이 가쁘다. 옛날 그와 맹세를 하기 전에도 이렇게 격한 검격을 계속해서 날릴 수는 없었다. 체력도 마력도 지금과는 많이 달랐으니까. 바닥에 주저앉아 그렇게 한참 숨을 고른다. 엘이 나무에서 뛰어내린다.

"이거 참 절경이네요. 주변을 둘러봐 주세요."

폐허였다. 부서진 바윗 돌부터 흔적도 없이 사라진 나무 밑동과 골짜기들.

근처가 난장판이다.

싸움의 흔적이다. 그럼에도 뭔가 후련해서, 내 안을 꽉 막고 있던 것들을 단숨에 쏟아내서 그것만으로 기뻤다.

"뭔가 깨달음 같은 게 왔어요."

아카넬이 내게 손을 내밀었다. 보통이라면 그의 손을 무시한 채 홀로 일어났으리라.

변덕일까. 나는 그의 손을 순순히 잡…으려다가 탁 쳐 내기까지 했다. 이러면 안 된다는 걸 알지만 나도 모르게 자꾸만 애 같은 행동이 나와 버려.

"정말 나를 싫어하는군."

"……."

그게 아니라고, 그렇게까지 할 생각은 없었노라고 말하고 싶었다. 내게 새로운 경지를 보여 줘서 정말 고마웠노라고, 오늘 수고했노라고 말하고 싶었다. 하지만 입이 떨어지지 않는다. 바보 같은 자존심이 나를 똘똘 감는다.

대체 나란 년은 왜 이다지도 애 같은 걸까. 이래서야 미움밖에 못 받을 텐데도.

'끝까지 솔직해지질 못해.'

아카넬이 나한테 맞은 손을 한참이나 바라본다. 나는 힘겹게 몸을 일으킨다. 검편이 유리 조각처럼 바닥에 깔려 있어서 위험하다. 검기가 실린 달빛 은철을 사기그릇마냥 깨뜨릴 수 있다니, 새삼 그가 인간이 아니라는 걸 깨닫는다.

엘이 말했다.

"밥 먹을래요? 저 도시락 싸왔는데 말이죠."

돌아가면 내게 맞는 검을 만들어야겠다.

알타미르 도시로 온 이후 타인을 위한 검만을 만들었지 정작 나를 위한 검을 만들지는 못했다. 단단하고 가벼운 검이 좋으리라. 중검보다는 세검으로, 균형 잡힌 세이버나 글라디우스를 응용해서 만들어 보는 것도 좋으리라.

아니면 암살자에게 가장 걸맞다는 스틸레토를 검처럼 가공해 보는 것도 좋을 것 같다.

엘이 만들어 주는 음식은 일류 주방장 못지않다. 고작 샌드위치일 뿐인데 씹을수록 통 스테이크의 육즙과 신선한 토마토, 양상추가 한꺼번에 입 안에서 파티를 한다.

"검에 대한 건 차차 갈고닦으면 될 거고, 이 다음은 암기겠군."

"네?"

"암살자가 사용하는 투척용 단검이나 차크람도 좋겠지."

"아크 드래곤이 그런 것도 사용하십니까?"

내 질문에 그가 대답했다.

"과거 동대륙을 유희했을 적 혈로를 뚫어야 할 때 사용했지. 쓸 만하더군."

남자는 샌드위치를 호쾌하게 두 입만에 해치우고는 애플파이를 집어 들었다.

"드래곤은 그런 치사한 수 안 써도 되지 않습니까? 죽으라고 용언으로 한마디 하면 다 죽을 텐데."

내 질문에 아카넬이 대답했다.

"드래곤의 유희에 대해 뭔가 착각하고 있군, 카이 알테리온. 제아무리 반신이라고 불리는 아크 드래곤도 인간의 모습일 때는 인간과 똑같이 죽는다. 목에 고작 반 뼘만 칼이 들어와도 인생이 끝나는 거지."

"아크 드래곤을 죽일 때는 인간의 모습일 때 죽이는 게 가장 편하겠네요."

"드래곤 슬레이어가 있다면 더 쉽겠지."

묻고 싶은 말이 있었지만 목 밖으로 나오지 않아 한참이나 빵 모서리만 열심히 씹었다. 엘이 내게 토마토 주스를 건넸다.

주스를 삼키고 나니 조금은 용기가 났다.

"그러면 그렇게까지 해서 유희를 하는 이유가 뭡니까? 놀자고 목숨 거는 거잖습니까?"

결국 던졌다. 그가 내게 대답했다.

"인간의 인생 하나하나가 그럴 만한 가치가 있기 때문이지."

듣고 싶은 대답은 아니었다.

사실 결국 나는 유희에 대해 묻는 게 아니라 나를 어떻게 생각하는지 그에게 묻고 싶었던 건 아니었을까.

'바보 같아.'

작은 한탄을 내뱉고는 다시 수련을 재개했다.


# 7.

점점 더 강해져가는 걸 느낀다. 내 실력 그 이상을 뛰어넘기 위해 몸을 단련하고 검을 단련한다. 그러다가 결국은 어느 한순간 벽에 부딪쳤다.

"이 다음은 검에 대한 깨달음만이 남았겠군."

기술도 육체도 모두 끌어올렸을 때 남는 단 한 가지다. 이제 정말 소드 마스터 직전까지 왔다. 여기서부터는 순수하게 검에 대한 깨달음만이 한계를 넘게 해 줄 거다. 그런데 그게 무슨 하루아침에 이루어지는 것도 아니고, 그냥 미칠 노릇이다.

"아카넬은 어쩌다가 깨달은 건데요?"

"예전 동대륙에 갔을 때 마교와 싸울 일이 생겼지. 만 명쯤 베다 보니까 알게 되더군."

"이야. 학살자."

"악당들은 그놈들이었다. 죄 없는 아녀자들을 끌어다가 강시로 만들고 있었으니까."

"만 명이라니 그래도 숫자가 어마어마하네요."

"동대륙은 인구 수 자체가 엄청난 곳이니까. 한번 거병하면 십만 대군, 백만 대군은 우습더군."

인구 밀집도가 높아서 그런 건가? 아니면 그쪽 토양이 더 좋은 건가?

"저는 그런 식으로 검을 깨우치진 못할 거 같네요."

"사람을 죽여 본 적 없나?"

"……."

그의 말에 대답할 수 없었기에 애써 화두를 돌렸다.

"엘은 검은 안 씁니까?"

"저 같이 연약한 인간이 어떻게 그런 흉물스러운 물건을 든답니까."

그래? 요즘 연약한 인간은 아크 드래곤 뒤통수 치고 대공 MK2를 다져 버리는 게 트랜드인가 보지?

"그러면 댁 같은 연약한 인간은 어떻게 몸을 지키는데요?"

"사랑과 정의의 마음으로 지키죠!"

됐다. 댁이랑 뭔가 진지한 대화를 나누려 한 내가 바보지.

Chapter 5
# 루비 & 사파이어

## 1.

누구십니까? 아, 죄송합니다. 지금 주인아씨께서 자리를 비운 상태라서 주문 제작은 힘든 상태입니다. 그래도 진열해 놓은 무기들 모두 훌륭한 무기이니 한번 둘러보시는 게 어떻습니까?

언제쯤 돌아오시는지는 저도 잘 모르겠습니다. 그래도 자리를 비운 지 꽤 되었으니 머지않아 오시겠군요.

리버 님 말씀이시군요. 매일 가게가 안전한지 보고 가시지만 오늘은 늦으시네요. 내일쯤에 오신다면 뵐 수 있을 겁니다. 뭔가 편지라도 맡아 둘까요?

그런 문제라면 어쩔 수 없군요.


……

……


채찍 말씀이십니까? 주인아씨께서는 주로 금속 무기를 만드시긴 하지만 채찍 같은 가죽 무기도 가끔 만들곤 하시지요. 알겠습니다. 네, 창고에서 꺼내올 테니 잠시 기다려 주십시오.


……

……


아, 마음에 드신 모양이군요. 다행입니다. 오우거 가죽으로 만든 상등품이지요. 가볍고 질기며 탄력 있습니다. 손님께서도 분명 마음에 들어 하실 거라 생각했습니다.

새로이 주문 제작을 원하시면 여기 예약표에 성명과 원하시는 사항을 적어 주시면 됩니다.

네? 저요? 왜 저를……

드디어 이해가 되었습니다. 당신 마족이시군요? 저를 잡아 고문하신들 주인아씨가 있는 곳은 나오지 않습니다. 애초에 모르니까요.

인질이요?

그런 게 될 생각은 없습니다. 다만 가게가 부서지지 않게 나가서 상대해 드리지요.


## 2.

To. 청안.

잘 지내고 있어? 그쪽은 벌써 한여름이려나.

이곳은 늘 초여름 날씨라서 계절을 가늠하기 어려워. 나는 수련을 하고 있어. 솔직히 진전이 없어서 곤란한 와중이야. 분명 기술이나 마력, 체력은 증가하고 있지만 경지를 깨부순 건 아니더라고.

답답해. 너무 답답해. 이곳이 아닌 어딘가로 도망치고 싶어. 그 벽을 넘는다는 게 죽을 만큼 힘들다는 건 당연히 알고 있지만 아는 것과 견디는 건 다른 이야기잖아.

여기까지 쓰고는 결국 펜을 놓았다.

이래서야 푸념하는 꼴 아닌가. 결국 쓰던 편지를 찢어 버리고는 '보고 싶어.' 라는 네 글자만 쓰고 말았다.

돌아가고 싶다. 이 이상 수련만 해서는 의미가 없다. 다시 망치와 모루를 잡고 싶다. 그 작은 대장간으로 돌아가고 싶어.

'아카넬이 들으면 순전히 현실도피라고 하겠지만…….'

그래도 이 이상은 무리다.

내가 무예에 뜻을 두고 정진하는 자라면 모르겠다만, 원래 나는 대장장이라고! 크리에이터다! 뭔가를 만들지 않으면 병이 난다고!

"아아, 청안은 뭐하고 있을까."

보고 싶다.

그때 누군가가 노크했다. 들어오라고 화답하자 하룬이 내게 소포를 건넨다.

"우편 매가 소포를 보냈어."

그랬다. 이곳은 외부와 연락할 수단이 우편용 매 하나뿐이다. 이 섬 통째로 결계 마법이 걸려 있어서 이동 마법이고 뭐고 사용하는 것도 불가하다. 거기다 너무 높은 곳에, 그것도 바다 한가운데에 떠 있는 터라 배로 오는 것도 불가능하다. 끽해야 우편 비둘기인데 비둘기로는 이 높이까지 날아 올라올 수도 없다. 결국 그래서 특수한 종류의 새만 가능하다.

그것도 여기까지 제대로 찾아오게 하기 위해서는 혹독한 조련을 거쳐야 한단다.

아무튼 이런 매라도 있는 덕분에 청안과 우편이라도 나누면서 적적함을 달랬지, 이것조차 없었으면 진즉에 머리가 돌아 버렸을 거다.

'그래도 소포는 처음이네.'

선물인가? 생각해 보니 생일도 그리 멀지 않았다. 그렇다고 해도 벌써부터 선물 보낼 정도는 아닌데? 아니면 매가 늦게 도착할 걸 계산한 건가?

천을 뜯으니 그 안에 작은 상자가 들어 있었다.

상자 뚜껑을 여는 순간, 뭔가 마력이 개방되어 방 안을 가득 채웠다. 이건 결계다. 그것도 외부와 차단하는 종류의 결계.

상자 내용물을 보는 순간 몸이 굳었다. 청안의 것이 분명한 털과 발톱이 들어 있었다. 그것도 변신했을 때의 커다란 발톱.

발톱 위에는 피로 이렇게 적혀 있었다.

—주위에 말하면 인질은 죽는다. 이 상자에서

손을 놓아도 죽는다.

발톱을 꺼내자 발톱 뿌리에 살점이 묻어 나왔다. 이건 명백하게 누군가가 억지로 뽑아낸 거다. 산 채로, 발톱을. 상자 바닥에는 마법진과 글자가 적혀 있었다.

─발톱을 사용해 네 피를 떨어뜨려라. 엉뚱한 짓을 저지른다면 인질의 목숨은 없다.

아아, 청안. 청안……!
머리가 하얗게 변한다. 어쩌지? 어떻게 해야 하나? 오만 잡생각이 순식간에 머릿속을 달려간다.
급하게 청안을 소환해 보지만 응답하지 않는다. 역시 이곳의 결계가 방해하고 있는 모양이다.
이 상황에서 적어도 확실한 게 하나 있다. 만약 여기서 지체했다가는 그는 죽는다는 것. 그러나 만약 내가 여기서 피를 떨어뜨리면 분명 뭔가 함정이 기다리고 있으리라.
선택의 시간은 길지 않았다. 난 결국 피를 만들었다. 만약 여기서 핏방울을 떨어뜨린다면…….
[괜찮아요.]
엘의 목소리다. 주위를 둘러보려 하자 다시 목소리가 들

렸다.

[움직이지 마세요. 그 결계는 안에 있는 사람의 움직임도 파악하고 있을 테니까요. 저는 당신의 머릿속에 직접 말을 거는 겁니다. 저는 밖에 있어요.]

목을 멈춘다. 엘의 목소리가 다시 내 머릿속으로 들어온다.

[이중 삼중으로 검사를 했다면서 하룬이 실수를 저질렀네요. 그래도 알아차려서 다행입니다. 저와 아카넬은 이미 준비를 끝냈습니다. 인질로 잡는다면 당신의 어머니부터 건드릴 거라 생각하고 대비했지만 청안을 택했군요. 그래도 크게 바뀐 부분은 없습니다. 여기까지는 예상한 대로네요. 걱정하지 마세요.]

그 말에 울컥 가슴 속에서 뭔가가 흘러나왔다. 나는 눈물을 참으며 상자를 떨어뜨리지 않기 위해 애써야만 했다.

[저 안에 피를 떨어뜨리면 당신은 마계로 강제 소환될 겁니다. 걱정 마세요. 저희가 금방 찾아갈 테니까요.]

피를 마법진에 찍어 누른다. 마법진이 빛난다. 내 몸이 점점 흐려지는 게 느껴진다.

저 안으로 이제 빨려 들어가는 건가?

그때 아카넬의 목소리가 내 머릿속을 울렸다.

[잊지 마라, 계집. 넌 내 것이니.]

안심시키는 것치고는 말이 너무 이상하잖아!

그렇게 거부했는데, 단 한 번도 솔직하게 속내를 드러낸 적도 없었는데!

늘 짓궂은 말만 했는데.

"좀 더 로맨틱한 말이어도 좋았잖습니까!"

그 말을 끝으로 내 몸은 어둠 속으로 사라졌다.


## 3.


의식이 천천히 부유한다. 이 느낌, 익숙하다. 기름 층을 가로지르는 느낌. 시간과 공간이 엉키는 곳. 차원과 차원의 경계.

마계로 내 몸이 끌려 내려간다. 팔과 다리에 얽힌 투명한 사슬이 나를 붙잡아 당긴다. 철로 만들어진 사슬은 아니다. 문자로 만들어져 있다. 그것도 아주 오래된, 마계의 문자.

이상하게도 리버가 보였다. 이런 곳에 어째서 리버가 있는 걸까?

묻고 싶은 것도 많았고 듣고 싶은 것도 많았다.

그러나 리버의 목소리가 들리지 않는다. 손을 뻗는 리버를 따라 나도 손을 뻗었다. 손가락과 손가락이 닿는 순간,

내 몸이 저편으로 끌려 내려갔다.

리버가 멀어진다. 동시에 의식이 흐려진다. 뒤를 돌아보면 안 된다는 리버의 말만이 떠오른다. 절대로 이곳에서는 뒤를 돌아봐서는 안 된다. 온갖 나쁜 것들이 등 뒤로 쫓아오기 때문이다. 멀미가 나서 눈을 감는다.

어쩌다가 이렇게 흘러와 버린 걸까.

투웅!

등에 딱딱한 대리석이 닿는다. 망막 속에서 내 숨소리만 거칠게 울렸다.

도착한 것 같다. 이곳에서 눈을 뜨면 무엇이 보일까. 이곳은 몇 마계일까.

"제대로 도착한 거 같아. 그렇지, 루비?"

목소리가 들린다. 낭랑한 목소리지만 나이는 구분하기가 어렵다. 뭔가 나를 쳐다보고 있는지 뺨이 따끔거린다.

"아무리 봐도 인간 암컷인데? 사파이어, 진짜로 인간 암컷이 그런 무기를 만들 수 있다고? 보통 인간 종족 암컷은 생식 활동과 양육 활동에 주력하는 습성이 있지 않았어?"

다른 목소리다. 처음에는 같은 사람이 말하는 건가 착각할 정도로 닮아 있는 목소리지만, 미묘한 차이가 있었다. 눈 뜨기가 싫다. 이대로 기절한 척하고 있을까?

이윽고 루비라고 불린 첫 번째 소년이 말했다.

"예외란 늘 있는 법이잖아. 사파이어, 저 암컷 기절한 척하고 있는데 어쩌지? 고문이라도 할까?"

뭐요, 고문? 화들짝 놀라 눈을 떴다.

그곳에는 쌍둥이 소년 둘이 나를 바라보고 있었다.

거울의 양면처럼 소년들의 얼굴은 완벽하게 똑같았다. 마치 잘 만든 비스크 인형 같았다.

보통의 인간이라면 결코 이런 완벽한 미는 갖지 못하리라. 두 소년은 양쪽 눈 색이 서로 달랐는데, 그마저도 대칭이었다. 이름 그대로 루비 같은 붉은색과 사파이어 같은 푸른색.

둘이 동시에 말했다.

"와! 깨어났다!"

"진짜로 일어났네?"

급한 대로 바닥에 굴러다니는 촛대를 집어 들고 두 쌍둥이를 겨누었다. 그리고 뻔하디뻔한 물음을 내뱉을 수밖에 없었다.

"여기는 어디죠? 당신들은 누구고요."

발이 무거워 내려다보니 한쪽 발목에는 쇠사슬이 묶여 있었다.

아마 처음 나를 이곳으로 소환했을 때부터 족쇄를 달도록 만든 모양이다.

두 쌍둥이가 말했다.

"여기는 제2 마계. 기계와 율법의 마계. 내 이름은 루비너스. 율법과 물리 법칙의 마왕."

"저 형은 첫째, 나는 둘째 사파이너스. 인형과 태엽 장치를 맡고 있지. 우리는 둘이자 하나, 하나면서 둘. 쌍둥이 마왕이야."

둘은 서로의 손바닥을 마주 대었다.

쌍둥이 마왕. 그래, 마왕도 쌍둥이 마왕이 있구나. 생각해 보면 가정식 요리와 분재 화분의 달인인 마왕이 있는데 쌍둥이쯤이야 뭐 이상하겠냐 싶다.

그러나 납득하고 말고가 문제가 아니다. 문제는 그 다음이다. 나는 족쇄가 허락하는 한 그들에게서 가장 먼 곳까지 슬금슬금 물러났다.

"저, 어떻게 하면 돌려보내 주시겠어요?"

"무기를 만들어 줘. 우리 둘을 위한 완벽한 무기를."

"커플링을 만들어 줘. 우리 둘의 행복을 위한 완벽한 상징을."

뭐, 뭘 만들라고?

둘이 발을 디디는 순간 잔상도 남기지 않고 내 눈앞에 다시 나타났다. 준비 자세? 마력의 흐름? 그 무엇도 느껴지지 않았다.

그들이 내 손을 붙잡고 양쪽에서 잡아당겼다.

"그리고 못 돌아가! 영원히 우리랑 같이 살자."

"응! 지금부터 우리 엄마야."

엄마라니.

뭔가 발아래에서 데구르르 굴러갔다.

깜짝 놀라 아래를 내려다보니 해골이었다. 그것도 이미 썩은 지 오래돼서 백골만 남은 해골. 그 해골의 발에도 내가 하고 있는 것과 똑같은 족쇄가 달려 있었다.

두 마왕이 말했다.

"엄마는 정말 오랜만이야! 그렇지, 루비?"

"응! '이번 엄마'는 튼튼해서 오래오래 안 썩고 살아 있겠지?"

옛 엄마일 게 뻔한 그 백골은 우수수 가루가 되어 흩어진다. 모골이 송연하다.

두 쌍둥이는 천진한 눈으로 속삭였다.

"그러니까 엄마, 이번에는 절대 도망치면 안 돼!"

"그러니까 엄마, 이번에는 절대 죽으면 안 돼!"

그래, 내가 그나마 가장 말이 통하는 마왕인 키르카만 만나서 착각했던 모양인데, 여기가 지옥이 맞긴 한 모양이다.

두 쌍둥이가 각각 톱과 망치를 하나씩 꼬나 쥐며 달려왔다.

"엄마, 노올자!"

"엄마, 노올자~"

그게 바로 13마계 중에서도 가장 만나면 안 될, 심지어 흑마법사들도 이 둘이 있는 방향으로는 제물도 안 바친다는 최악의 또라이 마왕, 제2 마계의 루비&사파이어 쌍둥이 마왕과의 첫 조우였다.

급한 대로 먼저 덤벼오는 놈의 턱을 킥으로 쳐 날리고 촛대에 검기를 담아 창날처럼 휘둘렀다. 그러고는 절대 여주인공의 것이라곤 생각하기 어려운 괴성을 질렀다.

"으롸롸롸롸—!!"

내 인생은 막장이다.

〈다음 권에 계속〉

외전

쌍둥이 검

## 1.

카녹은 떨리는 손으로 술을 따랐다. 술병이 떨어져 바닥을 구른다. 액체가 흙바닥 아래로 콸콸콸 쏟아진다.

"욘석, 아깝게시리."

아버지가 다시 새 술병을 건넨다. 카녹은 술병을 따서 술잔에 따르려고 하다 놓치고 만다. 다행히도 이번에는 쏟아지기 전에 아버지가 병을 붙잡는다.

카녹이 몸을 웅크린다.

"카이가 본다면 비웃겠죠."

"넌 너무 그 아이에게 얽매이는 게 문제다. 뭐, 쌍둥이 남매니 얽매이지 않는 것도 힘들겠지만서도."

아버지가 카녹의 잔에 술을 따른다. 금빛으로 차오르는 럼주를 카녹은 한참이나 바라본다.

럼주의 표면에 별빛이 맺힌다. 누군가 말했다. 사람이 죽으면 별이 된다고. 그렇다면 오늘 죽인 그놈들도 별이 되었을까?

"나쁜 놈들이었어요."

"그래."

"가만히 두었다면 더 큰일이 났을 겁니다."

"넌 옳은 일을 한 거다."

카녹은 잔을 급히 비운다. 독한 술기운이 목을 타고 흘러내렸다. 첫 살인, 처음으로 누군가를 죽인 날이었다. 엄밀히 말하면 별일은 아니었다. 그는 아버지에게 실전을 가르쳐 달라 하였고, 아버지는 그러겠노라 했다.

그래서 아버지가 데려간 곳은 인근에 갓 둥지를 튼 광신도들의 아지트였다. 피와 광기의 마신을 섬기는 놈들로, 사람을 잡아 마신에게 제물로 바치고 만삭의 임산부를 납치해 산 채로 배를 갈라 어미 앞에서 들개 밥으로 주던 놈들이었다.

문제는 그게 진짜로 효험이 있었다는 거다.

마신이 권능을 주는 건지 그 마신을 따르는 상급 마족이

권능을 주는 건진 몰라도, 놈들은 진짜로 죽은 자를 좀비로 만들어 일으켰고 마계에서 하급 마족들을 소환한 뒤 무고한 사람을 제물로 바쳐 계약을 이루었다.

"별거 아니었습니다."

"그래, 별거 아니었지."

아버지는 아들을 놈들의 아지트 입구에 데려다 놓았다. 그러고는 아무것도 하지 않았다. 팔짱을 끼고 자신의 아들을 쳐다만 볼 뿐이었다.

그 행동의 의미를 알고 있기에 카녹은 앞으로 향했다. 아직 젖비린내 나는 소년이 칼 한 자루에 의지해 놈들의 아지트로 향했다.

당연히 놈들은 카녹을 얕보았고 카녹은 놈들을 공격했다. 그는 알테리온이었다. 알테리온은 어린 나이 때부터 맨손으로 오우거 명줄 정도는 끊을 줄 알아야 했다.

놈들이 강하긴 했어도 진짜 몬스터들보다는 약했다.

팔다리만 잘라 갈 요량이었다. 그러다가 발치에 나뒹굴고 있는 어린아이의 시체를 보는 순간 흥분해 버렸다. 카이와 꼭 닮은 금발에 푸른 눈을 하고 있었다.

사람을 죽이고, 또 죽였다. 분명 사람일진대 사람으로 보이지 않았다.

지옥 같은 곳이었다.

산 사람의 비명과 죽은 이의 비명이 함께 들렸다.

악마는 진짜로 있었다. 카녹은 계속해서 죽이고 또 죽였다. 사지를 가르고 목을 따고 머리를 으깼다. 분명 그 안에도 살려 달라는 놈이 있었을 거다. 그리고 그 악한들 중에는 그나마 덜 악한 놈들도 있었을 거다.

정신을 차렸을 때는 교주로 보이는 놈의 배를 계속해서 찌르고 있었다.

잘려 나간 목이 카녹의 발치에서 사기그릇처럼 굴러다녔다.

누가 봐도 과잉 살상이었다. 아버지가 감옥 문을 열어 사람들을 구출했을 때도 카녹은 놈들을 죽이는 데 취해 있었다.

독주를 단번에 삼켰는데도 떨림이 쉽사리 사라지질 않는다. 아버지가 말했다.

"겁이 났던 게지."

"아닙니다. 저는 절대로 적 앞에서 도망 다니지는 않습니다."

"그래서 더 겁이 난 게지. 넌 도망치지 않는 아이니까. 언제부터 정신이 나갔던 거냐?"

아버지가 다시 술을 따른다. 술이 다 차기도 전에 카녹은 다시 독주를 삼킨다.

"카이와 닮은 시체를 봤습니다."

"너도 그리 될까 두려웠더냐?"

"아닙니다. 한 명이라도 놓쳤다가는 나중에 영지에 화를 입을까 두려웠습니다. 제 가족이 당할까 무서웠습니다."

단순히 시스터 콤플렉스라고 하기에는 그 행동이 범주를 넘었다. 알고는 있었다. 그의 처, 베지스가 걱정하지 않던가. 카녹은 동생 카이와 자신을 동일시하는 경향이 있다고.

카이가 다쳐 오면 기이하게도 카녹이 같은 곳을 아파하더라고. 그리고 카이가 병에 걸리면 카녹도 똑같은 병에 걸리더라고. 의사에게 데려가도 실제로 아픈 건 카이뿐, 카녹은 아니었다. 그럼에도 증상은 늘 똑같았다.

옛날에는 정도가 너무 심해서 서로 다른 방에 억지로 격리시키기까지 했다. 서로 다른 옷을 입히고 남자와 여자라고 분별시키고, 헤어스타일을 다르게 하고.

그랬더니 이번에는 카이가 못 견뎌 했다.

카이는 그의 처보다 아비인 자신을 더 닮았다. 속박되는 걸 싫어한다. 번잡한 걸 싫어한다. 관습이든 예법이든 얽매이는 것을 싫어한다.

뛰어서는 안 되고, 칼을 배워서도 안 되며, 소리를 질러서도 안 되는 이유가 여자이기 때문이라는 사실을 깨달았을 때 카이는 절망했다. 그리고 동시에 카녹을 질투했다.

카녹이 나아질수록 카이는 병들어 갔다.

중간에서 중재도 해 보고, 카녹이 직접 카이에게 검을 가르치기도 하면서 지금은 그나마 아슬아슬하게 균형을 유지하고 있다.

'자식 둘 키우는 게 쉽지가 않구나.'

아버지가 나직하게 쓴웃음을 지었다.

완화만 될 뿐 변하는 건 없었다.

"카녹, 너는 카이가 아니야. 카이도 네가 아니고."

"당연한 걸 왜 말씀하시는지 모르겠습니다."

아직도 카녹의 손이 세차게 떨린다. 첫 살인. 무인으로서 피할 수 없는 과정이다. 이 정도면 그래, 그래도 부드럽게 넘긴 셈이다.

비록 마음에 걸리는 점이 있다고 하나 첫 살인에 저도 모르게 과잉 살상을 하는 경우는 흔한 일이다.

"내가 없을 때는 네가 엄마를 지켜야 한다."

"알고 있습니다."

문득 아버지의 입가에 장난기가 돌았다.

"너 아직도 크면 카이와 결혼할 거냐?"

그 말에 카녹의 귀가 시뻘겋게 달아올랐다.

"안 합니다!"

"에이, 재미없게 왜 그러냐. 그때만 해도 눈 반짝이면서 크면 카이랑 결혼할 거라고 했으면서."

"제가 아직도 애인 줄 아십니까, 아버지!"

이 맛이다. 이 맛이야. 이런 맛에 아들내미를 키우지.

아버지는 한참이나 킥킥 웃음을 터뜨렸다. 아버지가 입을 열었다.

"앞으로 영지를 오래 떠나 있을 거다."

"⋯⋯."

카녹은 어둠 속에서 눈을 빛낸다. 이제 그의 자식들은 언제 돌아오느냐고 묻지 않게 되었다. 아무리 물은들 어차피 기약할 수 없음을 알기 때문이다.

카녹은 아비의 잔에 술을 따른다. 손의 떨림이 많이 잦아들었다. 끊어 내기 시작한 것이다. 이 아이에게는 비정함이 있다. 무인으로 살다 보면 친우라도 베어야 할 때가 있다. 이것만은 어쩔 수가 없다. 운명의 장난 같은 거다. 아비인 자신만 해도 그렇지 않던가.

전쟁터 한복판에서 친우라고 믿었던 자가 자신의 배에 칼을 꽂을 때가 있지 않았던가.

"누구도 죽이고 싶지 않다면 강해지거라, 아들."

힘은 모든 것을 간단하게 만든다. 차라리 압도적으로 강해진다면 누구도 죽이지 않고 끝낼 수 있다. 방금 그곳도 그랬다. 자신이라면 누구도 죽이지 않고 끝낼 수 있었다.

팔이나 다리를 잘라 버리는 선에서 끝낼 수도 있었다.

아비의 술잔이 비자 카녹은 다시 술을 채운다.

부자는 그렇게 한참을 주거니 받거니 반복한다. 술잔이 돌고 돌고 돌다가 이윽고 새벽별이 피었다.

아버지는 품에서 작은 패를 건넸다.

"이게 뭡니까?"

"친우 중의 한 녀석이 정보 길드를 하고 있더군. 내가 오래 자리를 비웠을 때 이 패를 보여 주면 어떻게든 내게 연락이 닿을 거다. 대신 한 번밖에 들어주지 않을 게야."

카녹이 되물었다.

"묻지도 따지지도 않고 단 한 번만 연락을 닿게 해 준다는 겁니까?"

"그래. 그 녀석은 내게 빚이 있으니까 말이지."

정말로 위급한 상황이 아니면 쓸 수가 없는 패다. 아버지가 나직하게 중얼거렸다.

"가장 좋은 건 이걸 쓸 일이 없는 거겠지. 하지만 써야 한다면 빠를수록 좋단다."

"쓸 일이 없도록 하겠습니다, 아버지."

카녹이 자신의 무릎을 움켜쥐었다.

"절대로 쓸 일이 없도록 할 겁니다."

장남이기에, 장남이어서 내리는 무게였다. 이런 식으로

짐을 지우는 게 아비로서 미안했다. 그러나 어쩔 수 없었다. 그는 가문의 대를 이어야 하니까.

"두 사람을 부탁한다."

"엄마도 동생도 모두 제 손으로 지킬 겁니다. 걱정하지 마세요."

"카이 그 녀석은 지킨다고 들을 아이도 아니지 않느냐. 이 아비는 걱정이다."

재능 하나만큼은 자신을 뛰어넘는 아이다. 카녹 역시 천재적이지만 카이도 그에 뒤지지 않는다. 어느 쪽이 더 낫다고 선뜻 말하기는 어려우나 카이는 여자다. 검을 든다는 것만으로 세상이 그 아이를 어찌 볼지는 뻔했다.

심지어 최근에는 대장간 일에 맛이 들렸다지 않나.

아이가 그런 인생을 살아간다는 게 아비로서는 걱정만 된다.

'이런 소리 하면 팔불출이라는 소리를 듣겠지만, 그래도 좋은 신랑감이라도 찾아 줘야지.'

그 생각을 끝으로 부자(父子)는 약속이라도 하듯 술잔을 부딪쳤다.

어느 새벽의 풍경.

## *2.*

그 풍경을 이제는 자란 카녹이 걸어간다. 칼 두 자루가 청년의 허리춤에 걸려 있었다. 카이는 카녹이 검 한 자루만 사용하고 있는 걸로 알고 있었다. 그리고 오라비는 자신의 검을 사용하지 않는다며 늘 한탄하곤 했다.

다른 기사들이 그렇듯 오빠 역시 계집이 만든 검 따위 제수 옴 붙었다고 생각하냐면서.

카이가 그런 말을 할 때마다 카녹은 웃기만 했다. 카녹이 사용하는 검 두 자루는 모두 카이가 만들었던, 어렸을 적 그녀가 만든 검이었기에. 다만 두 자루의 검 모두 가족에게 보이면 안 되는 검이었기에 그리하였다고 말할 수 없었다.

새벽의 산길을 막고 산적이 카녹을 둘러싼다.

"어이, 도련님. 어딜 그리 홀로 가시나?"

"마차도 수행원도 없이 말이지. 이미 우리한테 털린 건가?"

카녹의 입가는 웃고 있었지만 눈은 이미 도적들의 숫자를 모두 세고 난 후였다.

스무 명. 활을 들고 있는 자는 열둘. 말은 네 필.

그 순간, 카녹의 검이 놈의 목젖을 찢었다. 순식간에 일어난 일이라 산적 두목도 산적들도 이 광경을 쳐다만 보고 있었다. 턱 아래 부드러운 곳에서부터 뇌까지 정확하게 찔러 넣은 검은 피를 뿌리며 쏟아졌다.

청년은 웃고 있었다. 그러나 그 미소마저도 오래 볼 수 없었다. 청년의 몸이 잔상을 남기며 두목의 목을 베고 있었으니까. 1검은 놈의 목을, 2검은 놈의 심장을 동시에 꿰뚫는다.

지독했다. 저러면 인간이 아니라 몬스터라도 살아남을 수 없었다.

생의 여지를 남기지 않고 청년은 상냥하게 웃었다. 그 다음, 검을 던져 말의 목을 벤다. 다른 말들이 놀라서 사방팔 방으로 흩어진다.

도주를 막고 청년은 도륙하고 또 도륙한다. 청년이 날려 버린 목이 시원스럽게 호를 그리며 날아간다.

네놈들은 누구냐, 배후가 있냐, 무슨 생각으로 이런 짓을 한 거냐.

흔한 질문도 없이 청년은 기계적으로 놈들의 마지막 한 명까지 도살을 마치고는 시계를 들었다.

"어머니가 몇 시에 일어나시지?"

카이는 늘 카녹이 여자를 만나러 밤마실을 나간다 생각한다. 그 착각을 교정해 줄 생각은 없었다.

그는 알테리온 영지의 선량한 아들이면 되었으니까.

"산이니까 시체는 산짐승 거름으로 주면 될 거고, 이 근 방에 흑마법사 소굴이 있다고 했는데 분명히. 음⋯⋯."

이대로 놈들의 산채까지 쫓아가 죄다 도살해 버리느냐, 아니면 당초 제보대로 흑마법사 소굴을 다져 버리느냐의 문제다.

귀가 시간도 문제거니와, 둘 모두 이대로 두면 큰 규모로 성장해 버린다. 카녹은 그런 게 싫었다. 안 좋은 싹은 미리 밟아 두는 게 좋다고 생각했다.

그는 가문의 장남이지만 그렇다고 병사들을 모아 어딘가로 진격하는 걸 좋아하는 스타일은 아니었으니까. 험한 일은 혼자인 편이 좋았다.

혼자서도 끝낼 수 있는 일을 타인에게 넘기고 싶지는 않았다.

"결정. 일단은 산채로 가자. 괜히 낌새를 눈치채고 이동해 버리면 귀찮아져 버리니까."

카녹은 놈들의 옷을 뒤져서 산채의 위치를 알아낼 법한 단서를 몇 개 찾아낸다. 그러고는 망설임 없이 몸을 날렸다.

이미 힘을 얻었음에도 카녹은 사람을 살려두지 않았다. 아버지가 생각하는 것과 달리 카녹은 그리 선한 인성은 아니었다. 선행은 피붙이들에게만 하는 걸로 충분하다 생각했다.

여자도 그리 좋아하는 편이 아니었다. 아직 첫사랑도 오지 않은 건 이 세상에서 카이보다 예쁜 여자를 못 만났기 때문이라고 생각한다.

괜찮다면 평생 시집 안 보내고 이렇게 살아도 될 거라 생각한다. 아버지는 돌아오지 않았지만 그는 이미 소드 마스터의 경지를 이루었고, 카이가 결혼하지 않아도 먹여 살리는 것 정도는 나쁘지 않지 않으니까.

'그러고 보니 정혼자가 온다고 했던가. 아카넬이라고.'

구혼자야 늘 오곤 했는데, 아버지께서 직접 정해서 보낸건 처음이다. 고상하신 대공 나리라고 하니 이번에도 그 말괄량이 녀석에게 질려서 도망가겠지.

'그 정도 실력이면 싸움을 걸어도 좋을 것 같은데.'

대륙 제일검이라고 하니 한번 승부를 걸어 보고 싶었다. 이래 보여도 검에 대한 재능 하나만은 아버지를 뛰어넘었다. 더 강한 상대를 찾아 싸우고 싶은 욕구도 있다. 그러나 문제는 그렇게 싸웠다가 본 실력이 밝혀지게 되면 십중팔구 귀찮은 일이 생길 거라는 거다.

구혼녀라든가, 구혼녀라든가, 구혼녀 같은 일.

아버지가 올 때까지 그런 귀찮은 일이 생겨서는 안 된다. 그는 장남이고 아버지가 없는 동안은 빈 영지를 지켜야 하니까.

'아, 그러고 보니 카이는 쌍검이 더 편하다는 걸 알까?'

카이와 카녹은 사소한 버릇까지 똑같았다.

쌍둥이인 카녹이 칼 하나보다 둘을 사용하는 게 편하다

면 카이 역시 그럴 가능성이 높다. 단지 본인이 검을 쥘 기회가 적기에 모르고 있을 뿐이지. 알면 신나게 또 칼을 만들어 댈 거다. 이번에는 한 자루가 아니라 동시에 두 자루씩 찍어 내겠지. 카녹의 뺨에 식은땀이 흘렀다.

'가르쳐 주면 안 되겠다.'

알면 앞으로 두 배로 어머니랑 싸울 거다.

어느새 산채 끄트머리가 보였다. 카녹은 나뭇가지의 탄력을 이용해 몸을 새총처럼 쏘았다. 보초 서는 놈의 이마를 절반으로 갈라 버리고는 안에 도착한다.

밀이 타는 냄새가 났다.

여자의 비명 소리와 아이의 울음소리, 그리고 산적 놈들의 고함 소리가 들린다.

청년은 주변을 파악하고는 움직였다.

순순히 항복하면 목숨만은 살려주마, 너희 죄를 고하렷다, 같은 기본적인 호통도 없는 그냥 기계 같은 움직임이었다.

츠가각!

청년의 검이 오늘도 생을 갈랐다.


〈외전 쌍둥이 검 완〉